KB149551

할배꽃, 꽃 그늘

10년간 손주 넷 돌보는 행복한 할아버지의 인생 이야기

할배꽃, 꽃 그늘

초판 1쇄 발행일 2015년 12월 31일

지은이 박재율
펴낸이 박희연

펴낸곳 트로이목마
출판신고 2015년 6월 29일 제315-2015-000044호
주소 서울시 강서구 강서로 409, 215호 (마곡동, 엘리안 오피스텔)
전화번호 070-8724-0701
팩스번호 02-3665-1911
이메일 trojanhorsebook@gmail.com

(c)박재율, 저자와 맺은 특약에 따라 검인을 생략합니다.
ISBN 979-11-955829-3-8 (03800)

이 책은 저작권법에 따라 보호받는 저작물이므로 무단전재와 복제를 금지하며, 이 책 내용의 전부 또는 일부를 이용하려면 반드시 저작권자와 트로이목마의 서면동의를 받아야 합니다. 이 도서의 국립중앙도서관 출판시도서목록(CIP)은 e-CIP 홈페이지(http://nl.go.kr/ecip)와 국가자료공동목록시스템(http://nl.go.kr/kolisnet)에서 이용하실 수 있습니다.(CIP제어번호: CIP2015033362)

* 책값은 뒤표지에 있습니다.
* 잘못된 책은 구입하신 곳에서 바꾸어 드립니다.

10년간 손주 넷 돌보는 행복한 할아버지의 인생 이야기

할배꽃, 꽃 그늘

| 박재율 지음 |

트로이목마
TROJAN HORSE

차례

1부 인생 이야기

인생, 뒤돌아보니 별거 아니네 11

내가 보내는 시간 하루하루가 바로 '나'지 14

오늘도 나는 자기합리화를 해본다 17

손주도 키우고, 간접 애국도 하고 19

손주 키우기 힘들지 않느냐고요? 23

콩 심은 데 콩 나지 팥 나면 되겠소! 26

그래서 노벨상이라도 따실 겁니까? 30

제일 확실하게 많이 남는 장사요 32

고통도 한 순간, 즐거움도 한 순간 37

우리 모두 잘 챙겨 먹고 잘 삽시다 1 43

우리 모두 잘 챙겨 먹고 잘 삽시다 2 49

농사를 잘 짓는다는 것 1 56

농사를 잘 짓는다는 것 2 62

입장 바꿔 생각해보면 그만인 것을 65

효도법이라니! 너무 많이 바라지 말자 72

인생은 시행착오의 연속이 아니던가! 77

다시 어린아이가 되어 뛰노는 황홀감을 맛보다 81

달관하는 게 꼭 좋은 것만은 아니지 85

열 손가락 똑같이 아파하자 89

내 인생의 마르지 않는 행복의 샘터 94

내리사랑 치사랑 99

2부 손주 돌보기

첫 손주, 민서를 돌봐주기로 결심하다 105

준서 네가 나보다 한 수 위구나 110

아이도 자연의 산물이니 자연스럽게 키워야지 113

애를 돌보려면? 마음가짐과 체력이 중요하다네 118

아기의 울음소리에 짜증낸 어리석음이란 122

내 손주들? 아니 내 얼라들! 127

자나 깨나 안전사고 예방하자 1 129

자나 깨나 안전사고 예방하자 2 134

아기와 엄마 모두에게 좋은 모유 수유 139

노부모님 위해, 애는 꼭 부모가 데리고 자자 142

할배 할매들이여, 손주들 많이 뛰놀게 합시다 145

하늘이 보내준 우리 집 천재들 151

손주들 신언서판(身言書判)을 길러줍시다 155

아이들이니까 아이들 눈높이에 맞춰야지 161

수린이가 잠시 내 곁을 떠나고 164

손주들 잘 되라고 들려준 꿈 이야기 167

얘들아, 공부 부지런히 해라 170

애들 간식을 안 먹일 수도 없고 174

손주들과의 추억은 날마다 쌓여가고 177

얄미운(?) 시우의 지당한 말씀 180

손주들에게 러브레터를 받노라면 183

나는 너희들의 영원한 할배꽃이 되고 싶다 186

에필로그 할배 할매님들, 손주 돌보면서 행복하게 삽시다! 190

1부

인생 이야기

부모 노릇도, 조부모 노릇도 해야 할 시간에는 해야 하는 그것이 내 인생인 것이다. 그 모든 것이 내 인생의 한 부분인 것이다. 어느 것이 귀하고 좋고 나쁘고를 따지면서 내 인생에서 그 순간을 빼버릴 수 있는가. 오늘도 나는 손주들과 삶의 순간을 즐거운 마음으로 씨름하고 있다.

인생, 뒤돌아보니 별거 아니네

세상 모든 사람들은 다 자신만의 생각을 가지고 나름대로의 답을 만들어 살아가겠지만, 매일매일 내 답이 맞는지 끝없이 자문하게 된다.

친구들과의 심각한 대화 후 "삶은 계란이다"라는 농담을 싱거운 끝맺음으로 많이 쓰고 있지만, 이미 우리는 정답 없는 우리네 삶을 우스갯소리로 받아들일 수 없음을 알고 있다.

인생에 대해 말하다 보니 문득 이야기 하나가 생각나네.

그 옛날 이집트의 어떤 파라오가 죽어가면서 인생에 대한 답을 구하고 싶었다고 한다.

한 평생 바쁘게 살고, 죽고 나서도 살아 돌아오겠다고 피라미드까지 지어놓고 봐도 그게 답이 아닌 줄 알았는가 보다. 신하 중에 제일가는 현자를 불러 물었다.

"현자여! 나는 지금 죽어가고 있다. 죽기 전에 인생이 뭔지 알고 싶다. 최대한 짧게 말해다오."

숨이 넘어가고 있는 파라오에게 현자는 답했다.

"왕이시여! 사람은 나서 고생하고 그리고는 죽습니다."

그 이야기를 들으며 파라오는 숨을 거두었다. 죽으면서 그는 무슨 생각이 들었을까?

'아! 이게 인생이구나. 답을 알고 가게 돼서 참 다행이다' 하고 생각했을까? 아니면 '인생 그거 별거 아니네. 괜히 새빠지게 고생만 하다 가는 구나' 라고 생각했을까?

만약 파라오가 나에게 물었다면 나는 이렇게 답했을 것 같다.

"왕이시여! 〈동물의 왕국〉 같은 프로그램을 보십시오. 그곳에 답이 있습니다."

"아! 내가 그거 볼 시간이 어디 있어. 나 지금 죽어가는데 한마디로 가르쳐줘봐."

"왕이시여! 사람도 짐승처럼, 왜 태어났는지도 모르게 태어나서 먹고 마시고 자라다가, 짝을 찾아서 새끼를 낳아 기른 후에 명이 다하면 죽습니다."

어떤가? 내 답이 좀더 파라오에게 명쾌하지 않았을까?

내가 보내는 시간
하루하루가 바로 '나'지

어떤 유명 성우가 TV에 나와서 아이 키울 때의 어려움을 털어놓는 걸 본 적이 있다. 출근은 해야겠고, 애는 안 떨어지려고 울고, 마음은 아프지만 돌아서면서 눈물을 흘리며 "너는 네 인생, 나는 내 인생!"을 외치며 출근했단다.

TV 연속극에서나 토크쇼 같은 프로그램에서 가끔 할머니들이 손주 키우는 상황을 얘기할 때도, "나도 이제 내 인생을 찾아야겠다!"고 말하는 장면을 보기도 한다. 심지어는 애기 엄마들도 '나도 내 인생을 찾아야지. 애한테만 매달릴 수는 없다!'고 한다.

그렇다면, '내 인생은 무엇'이며 '나는 누구'일까?

내 이름 석자(三字)가 나인가? 남들이 내 이름을 불러주고, 또 나도 그게 나인가 생각하고 살아가니 내 이름이 곧 나인 것 같다. 그러나 같은 이름 가진 사람은 많이 있는 걸로 봐서는 이름만이 아닌 것은 분명하다.

그러면 이 몸뚱이가 나인가? 하나둘 떼어져 없다고 해도 나는 존재하는 것 같다. 물론 다 떼어 없어지면 나도 없어진다. 그러므로 하나 둘은 없어도 '나'라고 할 수는 있겠지만, 필요한 모든 것들이 모여 내 몸뚱이가 되고 비로소 '나'를 이룬다. 그래도 몸뚱이는 있는데 '나'라는 인식이 없으면 '나'라고 말할 수 없겠지!

모두가 나름대로 나를 찾겠다고 생각하는 그 '나'는 어떤 고정된 실체가 있는 걸까? 인식도 사고도 수시로 변한다. 아침에는 이 생각하고 저녁에는 딴 생각하고 끊임없이 변하는 그 놈에게 달려 헤매고 다니는 게 인생이 아니던가!

나는 누구이고 내 인생은 무엇인가?

내가 생각하는 나는 관계 속에 존재하고 시간 속에 존재하고 공간 속에 존재한다.

나는 누구인가? 부모님께는 자식이고, 조부님께는 손주다. 남편한테는 아내이고, 아내한테는 남편이다. 부모도 되어야 하고, 자식도 되어야 한다. 남편도 되어야 하고, 아내도 되어야 한다. 이웃집 아저씨 아주머니이기도 하고, 생판 남이기도 하다. 직장에서는 상사이기도 하고, 부하이기도 하다. 시부모일 수도 있고 장인장모 노릇도 해야 하고, 며느리 딸 아들 사위 노릇도 해야 한다. 관계마다 우리는 어떻게 처신해야 하는지 배우고 터득하며 살아가고, 인생을 이어간다.

서로의 생각과 관점이 다를 때 삐그덕거리기도 하고, 이 모든 관계가 시간과 공간 속에서 동시에 일어나면서 누적된 총화가 인생인 것이다. 그러므로 딱히 어느 한 순간을 "이것이 인생이다"라고 말할 수 없다. 즐거운 순간도 힘든 순간도 다 지나가고, 그 작은 순간들이 누적된 것이 인생 아닌가! 그러므로 "내 인생 내가 찾겠다"고 하는 것은 어불성설(語不成說)에 가깝다.

부모 노릇도, 조부모 노릇도 해야 할 시간에는 해야 하는 그것이 내 인생인 것이다. 그 모든 것이 내 인생의 한 부분인 것이다. 어느 것이 귀하고 좋고 나쁘고를 따지면서 내 인생에서 그 순간을 빼버릴 수 있는가. 오늘도 나는 손주들과 삶의 순간을 즐거운 마음으로 씨름하고 있다.

지금이 내 삶, 내 인생의 한 순간임을 직시하면서!

오늘도 나는 자기합리화를 해본다

지는 것을 좋아하는 사람이 있을까?

자기 자신을 부정하기란 쉽지 않다. 그래서인지 사람들은 자기합리화에 열중한다.

듣는 사람 입장에서는 자기와 견해가 다르면 변명처럼 들리고 듣기 싫어진다. 그러나 하는 사람 입장에서는 자신의 존재가치가 걸려 있는 문제이므로, 자기가 갖고 있는 지식을 총동원하여 상대방을 설득내지 이해시키려 한다.

오늘도 우리 모두는 자기합리화에 열중하고 있다. 궁색한 변명인지 떳떳한 자기합리화인지 본인이 더 잘 알고 있겠지만, 실은 듣는 사람도 금방 알아챈다. 들어주고 말면 상대방은 즐거워하고, 토를 달면 기분 나빠한다. 남이야 비평하건 말건 나만 떳떳하면, 오만이나 오기가 아닌 진정으로 떳떳하다면, 열심히 자기합리화를 해보는 것도 나쁜 것은 아니지 않을까?

"여러분, 나에게는 손주 키우고 돌보는 시간이 내 인생 허비 하는 것 아니고 오히려 살찌우는 기간입니다!"

아이는 '어른의 아버지'라고 누가 말했듯, 아이들에게서 배우는 것도 있고 기쁜 마음도 매 순간 선물 받고, 몸도 마음도 젊어지고 있다. 이런 마음으로 매일매일 아이들을 키우고 돌봐준다고 나를 팔푼이 영감이라고 손가락질 하는 사람들에게 오늘도 나는 자기합리화를 해본다.

손주도 키우고,
간접 애국도 하고

50여 년 전, 군대 훈련병 시절에 정훈장교에게서 들은 얘기 하나가 언제나 생생하게 떠오르곤 한다.

그의 강연을 요약하면 대략 이렇다.

"애국에는 직접 애국과 간접 애국이 있다. 직접 애국으로는 개개인이 직접 행동하는 '국민의 4대 의무'가 있다. 여러분은 지금 병역의 의무를 성실히 수행함으로써 직접 애국을 잘하고 있다. 간접 애국이란 어떻게 하느냐. 남에게 직접 애국을 잘할 수 있게 해주는 것이다. 예를 들면 힘과 용기를 주고, 동기를 부여함으로써 그 사람으로 하여금 직접 애국을 더 잘하도록 도와주는 것이 간접 애국이란 말이다!

구체적인 실천 방법의 예를 하나 말해주겠다. 여러분이 휴가를 가서 친구와 길을 가다가 스쳐 지나가는 젊은 여성이 부지런히 출근하는 것을 봤을 때, 그녀가 충분히 들릴만한 소리로 친구에게 이렇게 말해보라.

'야! 지금 지나간 아가씨 정말 예쁘고 멋지다.'

아침 출근길에 그런 기분 좋은 소리를 들었으니, 그 아가씨는 아마 하루 종일 기분이 좋아 콧노래 흥얼거리면서 일할 게 틀림없을 거고, 평소에 하루 옷 백 벌을 지었다면 그날은 틀림없이 백삼십 내지 백오십 벌은 지을 것이다. 이런 게 간접 애국하는 것이다. 설사 그 아가씨가 멋지지 않다고 느낄지라도 그렇게 말하는 것이 남을 위하고 - 기분 좋게 해줌으로써 - 결과적으로 나라에 도움이 되는 일이니 휴가를 나가면 꼭 그렇게 해서 간접 애국 많이 하길 바란다."

그 당시에는 서울의 젊은 아가씨들 상당수가 시골에서 상경한 '산업전사'로서 어렵고 외롭고 힘들게 살던 때였다. 진심어린 칭찬이야 말할 것도 없겠지만, 지나가는 말이라도 기분 좋도록 해주면 그 얼마나 좋은 일인가. 내 돈 안 들이고도 남을 기쁘게 해주는 방법 중에 밝은 얼굴, 밝은 웃음 보여주고, 기분 좋은 말해주는 것만큼 쉬운 일이 또 있는가? 그런데도 우리 모두 다 알면서도 실천하는 사람은 왜 그리 적은지 불가사의한 일이로다.

내가 손주들을 돌보기로 결심한 것도 간접 애국이란 말을 떠올려서 결행한 것이다. 내가 손주들을 돌봄으로써 며느리들이 안심하고 직장생활을 할 것이고, 회사일도 능률이 올라갈 것이고, 그러면 내가 간접적으로 그 일을 하는 것이나 마찬가지 아닌가!

요즘은 예전과 달라서 외벌이는 살아가기가 팍팍하고, 맞벌이를 해야 조금이나마 여유롭게 살 수 있다. 또 여자들도 남자들과 똑같이 배우고 똑같은 능력을 가졌는데, 자신을 위해서나 사회를 위해서나 국가를 위해서라도 일하고 싶다면 해야 하는 게 당연하지.

내가 손주들을 돌보기로 작정하면서 며느리들에게 한 말도 이것이었다.

"너희들 직장에서 하는 일의 절반은 내가 하는 거다. 그러니 회사일 열심히 잘 해야 한다. 너희들이 불성실하거나 잘못하면 절반은 내가 잘못하는 게 되는 거다. 나는 그런 사람 되는 게 제일 싫거든."

우리 며느리들 100% 수긍하고 인정하고 다짐해서 회사일 다 잘 하고 있다. 그렇다고 소득의 반을 내놓으라고 하는 게 아니다. 애 보는 값은 남들 받는 것만큼만 받으면 된다.

이리하여 나는 오늘도 손주들 보면서 간접 애국하고 있다.

손주 키우기
힘들지 않느냐고요?

우리 아파트의 청소하시는 아주머니 한 분은 내가 아이들을 데리고 다닐 때마다, "참, 큰일 하신다"고 말한다. 그럴 때마다 "뭐, 별로 힘들지 않아요" 하면, "아녜요, 옛날부터 애 키우는 게 얼마나 힘들다고 했는데요" 하신다.

하기야 나 어릴 때 동네 어르신들한테 들은 얘기도 그렇긴 하다.

어떤 노인이 젊은이한테 "자네 모친 요새 뭘 하시면서 지내나?" 하며 안부를 물었다. 젊은이는 "그냥 집에서 편하게 손주나 보고 있습니다"하고 대답했다. 그러자 그 노인은, "예끼! 이 불효막심한 사람 같으니라구! 아이 보는 게 얼마나 힘든 일인데. 예부터 집에서 아이볼래, 땡볕에서 콩밭 김맬래 하면 콩밭 김매겠다고 했다네"하며 젊은이를 혼냈다고 한다.

어느 것이 힘든지는 비교해보면 안다. 다행히 나는 두 가지 다 경험해서 다 말할 수 있다. 두 가지 다, 때로는 힘들고 어렵기도 하고, 때로는 덜 힘들고 덜 어렵기도 하다.

한 여름 땡볕에 콩밭에서 김매면 땀이 비 오듯 쏟아지고 숨이 컥컥 막힌다. 힘들다. 그래도 손주들한테 시달릴 때를 떠올리면 차라리 지금 이 순간이 낫다고 생각 들기도 한다. 그러다 며칠 밭일을 실컷 하다 보면 손주들 재롱이 보고 싶어 더 힘들더라도 애들을 보자 하면서 일 팽개쳐두고 서울로 올라와 손주들 보기 시작하면, 땡볕에 콩밭 매는 것보다는 즐겁다는 생각이 든다.

월요일부터 금요일까지 손주들한테 시달리다가 토요일 일요일에 해방되면, 그야말로 서양식으로 TGIF(Thanks God, It's Friday!, 신이시여, 고맙습니다. 오늘이 금요일입니다!)를 외치게 된다.

나에게 농사일은 애 보기 위한 레크리에이션이 되고, 애 보는 일은 농사일을 위한 레크리에이션이 된다. 그래서 나는 힘들면서도 힘들지 않다고 생각하고, 오히려 즐겁다면 즐겁다. 남들은 애도 보고 농사도 지으니 얼마나 힘드냐고 한다마는, 우리 손주들 네 명이나 몰고 다니는 걸 본 동대표 아주머니는 표창 상신해야겠다고 하신다. 그때마다 겸연쩍게 "뭐, 제 새끼 제가 돌보는데요" 하고 웃어넘긴다.

무슨 일이든 생각하기 나름이다. 즐겁다고 생각하면 즐거운 마음이 일어나고, 싫다고 느끼면 하기 싫어지는 게 세상 이치다.

콩 심은 데 콩 나지
팥 나면 되겠소!

"콩 심은 데 콩 나고, 팥 심은 데 팥 난다."

너무나 당연한 우주의 섭리다. 우리 다들 알고 있지만, 내 마음에 욕심이 생기면, 섭리고 진리고 생각할 것도 없이 콩 심어 놓고도 갑자기 팥이 필요하면 팥 나기를 소원한다.

언젠가 누가 쓴 콩트를 읽은 적이 있다. 초등학교 다니는 딸이 학교에서 돌아오더니 제 방에 들어가 무릎 꿇고 뭐라고 중얼거리고 있는 게 아닌가. 그 모습이 너무 진지하고 궁금해서 엄마가 물었단다. "뭘 그렇게 열심히 기도하니?"했더니, 딸이 말하기를 "학교에서 시험을 봤는데 미국의 수도가 어디냐고 해서 파리라고 썼었어. 그래서 지금 하느님께 빌고 있었어. 하느님, 제발 파리가 미국의 수도가 되게 해주세요" 하는 게 아닌가! 엄마는 하도 기가 막혀 "아니 기도할 게 따로 있지 그게 기도 한다고 이루어지냐"하며 박장대소했고, 아이는 울상이 되었단다.

우리 어른들도 이 딸아이와 별반 다르게 행동하지 않는다. 콩 심어 놓고 팥 열리게 해달라고 기도한다. 공부는 하지 않고 시험 잘 보게 해주십사 하고, 우리 아들 서울대 합격하게 해주십사 하고, 우리 남편 돈 많이 벌게 해주십사 하고, 출세하게 해주십사 한다.

얼마 전에 라디오에서 들은 유머는 더 기가 찬다. 어떤 어른이 한 초등학생한테 "너는 꿈이 뭐냐?" 하니까 "재벌 2세 되는 거요"라고 대답하더란다. 그래서 "너 꿈이 이루어질 것 같으냐?"고 물으니 "글쎄요. 아버지가 통 노력을 안 하시는 것 같아요"라고 했다나?

이 아이는 콩이든 팥이든 자기 손으로는 아무 것도 심지 않고 아버지보고 심어 달라는 형국이니, 이 아이에게 인과(因果)의 섭리를 확실히 깨우치게 하지 않으면 나중에 한 인간으로서의 구실을 제대로 할 수 있을까?

우리 모두 콩을 심었으면 콩을 수확하길 바라고, 아이들에게도 콩을 심었으니 콩이 나오는 것을 정직하게 보여주어야 한다. 그것이 행복의 지름길이다. 노력한 만큼 바라고 노력한 만큼의 결과물에 만족하면 행복한 마음이 일어난다. 흔히들 땅은 거짓말하지 않는다고 말한다. 노력한 만큼 결실이 돌아온다고 한다. 그런데 어디 땅 뿐이랴!

매사가 노력한 만큼 돌아올 뿐이다. 자식들한테 존경받는 부모가 되려면 내가 먼저 자식들한테 잘해주면 된다. 남도 자기한테 잘해주면 보답하고 싶은 마음이 일어나는 게 인지상정인데 하물며 부모님이 잘해주면 말해 무엇하랴!

손주들 키워보라. 둘이서 맞벌이하면 생활이 윤택해질 거고 그러면 가정은 행복해진다. "쌀독에 인심난다"고 옛 선인들이 말씀하셨다. 공자님도 "배가 불러야 예를 차릴 줄 안다"고 하지 않았던가. 가정 평화의 제일 조건은 경제적으로 쪼들리지 않는 것이다. 자식들 마음이 편안하고 행복함을 느끼면 부모한테 잘하게 된다. 저들의 생활이 궁핍하면 짜증스런 삶이 될 것이고, 그러면 부모님 생각은 뒷전이다. 가정의 행복을 원하고 자식들에게 며느리들에게 사랑받는 부모가 되려면 손주를 돌보라. 행복한 가정이 많아질수록 나라도 부강해진다.

할아버지 할머니들이여, 손주 돌보는 일이 자식들 가정 행복하게 하는 길이자 나라 사랑하는 길입니다.

그래서 노벨상이라도 따실 겁니까?

지인 중에 이름이 '박사'인 친구가 있다. 이 친구는 진짜 박사 학위도 딸 수 있는 실력이지만, 박사 제곱이 별명 될까봐 박사 학위를 안 땄다고 주장한다. 이 친구의 전매특허 용어가 재미있어 소개한다.

누군가 꼭 할 일은 젖혀두고 괜히 바쁜 척하며 딴 일로 부산 떨 때, 또는 실력도 안 되면서 똥폼 잡는다고 생각이 들 때면 이 친구 꼭 하는 말이 있다.

"그래서 그 인간 노벨상이라도 땄다는 거야 뭐야? 아니 노벨상이나 땄다면 또 몰라. 노벨상도 못 딴 주제에 뭐 잘났다고 까

불긴 까불어!”

노벨상이 대단하긴 대단하지. 노벨상이라도 땄다면 좀 까불어도, 좀 생뚱맞은 짓이나 뒤뚱맞은 짓을 해도 봐줄 수도 있단 말이지. 표현이 재밌기도 하고 그럴싸해서 나도 가끔은 써 먹는다. 바쁘다는 이유를 대면서 할 일 제때 않는 사람에게 말이다.

애 낳고 키우는 일을 뒤로 미루거나 아예 포기하는 청춘 남녀들,

힘들다고 어렵다고 시간이 없다고 하나도 안 낳거나 하나만 낳거나 낳아도 제대로 안 돌보는 부모들,

바쁘다는 핑계로 뭘 배워야 된다고 정신없이 다니는 할매들,

‘내 인생 내 것’이라고 저만 위하는 할배들,

‘남은 인생 얼마 남았느냐’고 외치며 자기 즐거움만 추구하는 할매, 할배들에게 말해주고 싶다.

“그래서 노벨상이라도 따겠다는 겁니까, 뭡니까?”

제일 확실하게 많이 남는 장사요

약 15년 전에 TV 드라마 〈상도〉를 재미있게 본 기억이 있다. 지금도 종편 방송에서 가끔 재방송을 해주고 있다.

많은 대사 중에 가장 기억에 남는 것이 평양 만상의 대방이 한 말이다.

"사람 장사가 제일 큰 이문을 남기는 것이다."

사실 이 말은 진시황의 실부인 여불위가 먼저 했던 말이다.

사람 사는 세상, 사람이 제일이고 사람을 잘 키우는 것이 제일 큰 이문이다. 인간사 무슨 일이든 다 사람이 해내는 것이니까.

천재 한 사람이 10만 명을 먹여 살리느니, 100만 명, 1,000만 명을 먹여 살리느니 하는 말이 다 그 이야기인 셈이지. 나 같은 범부(凡夫)야 내 일 감당하기도 힘들지만, 나도 할 수 있는 일은 손주를 돌보는 것이다. 나야 범부지만 자자손손(子子孫孫) 태어나면 그 중에는 언젠가 천재가 나올 수 있을 것이니, 오늘 아이들 키우는 내 노력이 결코 헛되지 않음을 나는 확신한다.

살아보니 10년, 20년 세월은 눈 깜빡할 사이에 지나가고 별로 남는 것도 눈에 띄지 않는데, 아기였던 손주들이 자라서 이제는 어린이가 되고 나날이 쑥쑥 자라는 걸 보노라면 유수 같은 세월 속에 남는 것은 새끼 키워 놓은 것이 제일이라는 생각이 확실하게 자리 잡는다.

우리는 일상의 모든 일을 거의 습관처럼 행동하며 살아가고 있다. 별다른 깊은 생각을 해보지도 않은 채, 자기가 현재 하고 있는 이 일이 얼마나 훌륭한 일이라는 걸 생각 못하고 있다. 농사하는 사람 농사 열심히 지어 많은 사람 배불리 먹이는 중요하고 훌륭한 일을 하고 있고, 장사하는 사람 많은 사람에게 편의를 제공하고, 생산하는 사람 많은 필요한 물건을 만들어주고, 누구나 자기가 현재 하는 이 일이 얼마나 중요하고 훌륭한 일인지를 가끔씩은 곰곰이 생각해봐야 한다. 그러면 자연스레 자신이 하는 일에 대한 보람도 찾고 자긍심이 생기며 자존감도 높아질 것이다. 또한 그런 감정이 생기지 않는 좋지 않은 일은 그만두게 될 것이다.

내가 손주를 네 명씩이나 데리고 다니니 우리 동네에서는 나를 알아보는 사람이 꽤 있다. 더구나 유모차를 몰고 다니면서 돌봐주던 아이들이 이제는 초등학생 1, 2, 3학년이고 내년에 초등학교에 입학할 유치원생이 한 명이니까. 어떤 아주머니는 우리 아이들에게 "너희들은 참 복이 많다. 할아버지가 잘 키워주시니 이다음에 할아버지한테 잘해야 한다"고 하시기도 한다. 이다음에 잘해주면 좋겠지만 난 매일매일 애들한테서 이미 보상 받고 있다. 재롱도 보고 잘 자라주는 것도 보고, 그것으로 만족이다.

한번은 우리 동네 사는, 나처럼 손주 둘 키우는 내 또래의 할아버지가 슬그머니 다가오더니 "한마디 물어봅시다" 한다. 뭐냐니까 나보다 손주를 더 많이 키우니까 더 잘 알 것 같아서 물어보는데 힘들지 않느냐, 회의를 느끼지 않느냐, 싫증나지 않느냐고 하면서, 자기는 힘도 들고 애한테 매여서 꼼짝 못하고 사는 이게 맞는 것인지 이렇게 살아도 되는 것인지 가끔씩 회의가 느껴진다고 했다. 그래서 나는 전혀 그런 생각이 들지 않고 오히려 즐겁고 재미있고, 세월 지나고 나니 애 키워 놓은 게 제일 남은 일이었다고 답해주었다. 정년 이후에 몇 년간 무얼 배운다고 세월 보내고 무얼 다시 한다고 몇 년 해봐도, 그중에서 제일 보람 있고 눈에 띄게 남는 것은 손주들 키우는 것이라는 말도 덧붙여주었다. 그러면서 나는 그렇던데 혹시라도 회의가 들면 손주들 보는 것 그만두고 자기 하고 싶은 것 하는 게 낫다, 지금 손주 돌보는 일이 나중에 후회될 것 같으면 지금 빨리 방향전환 하시라고 했다. 그랬더니 그렇게 생각하냐고, 자기 혼자 이 생각 저 생각 들어서 물어본 거라고 하면서 큰 응원군 만난 표정으로 가신다. 그 후에 가끔씩 만나 인사하면 이제 그 이야기는 않고 딴 이야기는 조금씩 나누는데, 표정을 보니 즐겁고 긍정적인 마인드로 손주를 돌보시는 것 같았다. 나도 동조자 한 명 생겨서 기분이 더 좋아졌다.

요새 노년 연령이 연장되어 누구나 100세 시대를 꿈꾸고 누릴 수 있게 되었다. 정년 퇴임 후 인생 2모작이네, 3모작이네 하면서 나름대로 노후를 잘 보내려고 방법을 찾고 있다. 2모작의 우선순위를 손주 돌보기로 결정하면, 저출산 위기에 빠진 국가의 미래에 출산율이 높아져서 좋고, 가정적으로 자식들 살림살이 넉넉해져 좋고, 할아버지 할머니는 손자 재롱 보는 재미있어 좋고……. 조금 바쁘게 살면 2모작 인생에서도 취미생활이나 뭔가 배우고 싶은 걸 같이 해도 좋고, "부지런한 물방아는 얼 새도 없다"는 속담처럼 부지런하게 살면 아플 새도 없어져, 저절로 건강하게 되어 100세를 살더라도 모든 이의 소망처럼 '9988(99세까지 88하게)'하게 살아갈 수 있어 좋다.

우리 할배들! 할머니 힘 덜 들이게 손주 같이 봅시다.

할매가 건강해야 할배가 행복하지.

뭐니뭐니해도 손주 잘 돌봐서 잘 자라는 것 보는 것만큼 즐거운 것도 드물죠.

그러니 손주 잘 길러주는 게 제일 잘 하는 일이고, 제일 많이 남는 장사요.

고통도 한 순간, 즐거움도 한 순간

언젠가 TV에서 정말 멋진 여성을 본 적이 있다.

마포에서 목욕탕을 운영하고 마을버스회사 하나도 경영하는 분인데, 자기는 아직도 저녁에 목욕탕 영업이 끝나면 목욕탕 청소를 직접 한다고 했다. 드넓은 목욕탕 청소를 끝내면 새벽 4시경이 되고 그때부터 새손님 맞을 물을 받는데, 청소 깨끗이 한 욕탕에 새물이 콸콸 쏟아지는 그 소리가 그렇게 듣기 좋고 보기 좋단다. 그 어떤 음악소리보다도 그 물소리가 좋고, 깨끗한 물이 그 어떤 아름다운 것보다도 보기 좋다고 했다. 더구나 새벽이라 날이 밝아지기 시작하니 그 분위기는 너무나도 큰 행복감을 안겨준단다.

그 스토리를 듣고 나는 다시 한번 깨달음을 얻었다.

'아, 고통과 쾌락은 별도로 존재하는 게 아니라 동전의 앞뒤처럼 같이 있는 것이구나! 하기 싫다고 생각하는 사람, 힘들다고 느끼는 사람에게는 그 목욕탕 청소가 얼마나 고역이고 고통스러울까. 그러나 좋아서 하는 사람에게는 즐거움이 된다니. 쾌락은 중독성이 있긴 있나 보다. 자수성가한 여사장님 이제는 청소일 남 시키고 편안하게 살 수 있으련만 그 일이 즐거워서 매일매일 자기가 직접 하면서 행복감을 느끼는 구나. 그게 즐거우면 남 주기 싫지. 어떻게 느끼느냐는 종이 한 장 차이도 안 되는 구나.'

지금은 나도 어느 정도 흉내를 내고 있다. 15여 년째 700평 남짓 농사를 짓고 있는데, 오뉴월에 콩밭, 깨밭 김매기는 정말 힘들다. 너무 덥고 힘들어 아내는 어떻게 하느냐, 수확 못해도 좋으니 그만두라고 미안해하지만 이왕 농사라고 지으면 그럴 수야 없지. 땀을 뻘뻘 흘리며 물 마셔가며 김을 다 매고 일어서서 보면 잡초가 사라진 깨끗한 이랑과 고랑 사이로 콩, 깨 등 작물이 갑자기 더 큰 듯 두드러져 보이고, 불어오는 시원한 바람결에 살랑거리면 나에게도 희열이 밀려온다. 목욕탕 여사장

님의 행복감이 전해져오는 것 같다. 바로 이 기분이겠지!

중독은 즐거움에서 오고, 즐거움은 중독에 빠뜨리고.

낚시하는 사람이 등산하는 사람보고 올라갔다 도로 내려올 걸 뭣하러 땀 뻘뻘 흘리며 힘들게 올라가나 하고, 등산하는 사람은 낚시하는 사람보고 먹지도 않을 고기 잡느라고 모기한테 뜯기며 밤 꼬박 새고 거지같은 행색으로 앉아 있느냐고 타박준다. 서로 웃고 말지만 둘 다 자기만의 즐거움에 중독되어 있기 때문이다. 쾌락은 반복될수록 빠져들게 되고, 고통은 다시 올까 피하려 하게 된다.

그럼 쾌락은 무엇이며 고통이란 무엇일까?

TV에서 의사들이 고통에 대해 얘기하는 걸 본 적이 있다. 고통은 지수로 만들어 표시하는데, 산모의 산통을 100으로 잡고 여러 가지 통증에 대해 지수로 표시하면 대상포진 등 몇 가지 고통이 100이상으로 나온단다. 다른 사람들은 수긍하고 이야기를 진행하는데, 난 참 이해할 수가 없다. 산통은 산모라야 알 수 있는데 남자나 여라자도 산모가 되어 본 적이 없는 사람들은 어떻게 그 고통을 알 수 있으랴. 그 고통을 기준으로 잡고 논문을 쓴 사람은 아마 산통을 느꼈던 여자 학자겠지. 그런데 생판 그 고통을 모르는 남자들이 그 수치를 놓고 떠드는 것은 좀 그렇지 않은가.

난 정말 산통이 얼마나 아픈지 모른다. 다만 난 치질수술한 후의 고통은 안다. 내가 경험했으니까. 그래서 아이를 둘 낳은 아내와 고통에 대해 이야기를 나누어보았다.

아내에게 산통이 어떠한지 물어보았다. 첫 애기 낳을 때는 말할 수 없이, 말로 표현 할 수 없이, 굳이 표현한다면 허리 아래가 다 끊어지는 것처럼 느껴지고, 이대로 죽을 것 같고, 차라리 죽는 게 나을 것 같다는 생각도 들었고, 순간적으로 정신이 깜박깜박 나갔다 들어왔다 했단다. 다시는 애 낳고 싶지 않았단다. 그래도 세월이 가니 그때의 산통은 다 잊어져, 둘째 애기를 낳을 때는 예비 산통이 와도 첫 애기 때보다 덜 심했고 출산의 고통도 적었다고 한다. 그 당시만 해도 초음파검사가 없던 시절이라 아기의 성별은 태어나는 순간에야 알 수 있었는데, 아내는 간호사가 아들이라고 알려주는 순간 기분이 너무 좋아 감격의 눈물까지 났었다고 이야기한다. 정말 고통이 쾌락으로 바뀌는 순간이 아닐 수 없다.

시인 푸시킨은 노래했다. "슬픔의 날이 지나면 기쁨의 날이 오리니!"하고. 또 루소는 말했다. "인내는 쓰다, 그러나 그 열

매는 달다"라고.

이번에는 아내에게 내 치질수술의 고통에 대해 들려주었다. 아내는 모르지, 경험이 없으니까. 치질수술은 – 지금은 고통 적은 수술이 있는지 잘 모르겠지만 50년 전의 이야기다 – 수술할 때는 별로 아프지 않다. 마취를 하니까. 마취가 깨고 나면 고통이 시작되는데, 그래도 참을 만하다. 정작 고통은 다음날 변을 볼 때다. 사육신을 고문할 때 인두로 지졌다는데, 그 고통은 나는 어느 정도 안다. 불에도 데어보고 물에도 데어봤으니까. 그런데 이것의 고통은 불로 지지는 것보다 더 참기 힘들 정도였다. 딱 한 번이면 누구나 참고 넘어갈 수 있겠지만, 하루에 한두 번 겪어야 하고 거의 일주일 동안 그 고통의 크기가 별로 줄어들지 않는데, 정말 죽을 맛이었다. 하루에 체중이 1kg씩 줄어들었고, 많이 먹으면 고통은 커지니 많이 먹기도 싫고. 지금 생각해도 너무 끔찍해서 다시 또 한다면 차라리 수술 않고 치질통을 안고 살아가겠다고 할 정도다.

서로의 고통에 대해서 이야기했지만 서로 짐작만 할 뿐 상대의 고통을 완전히 알 수야 없지. 서로 안 해본 경험이니까. 그래도 한 가지 공통점은 있다. 고통 뒤에는 낙이 온다는 사실.

나도 세월 지나니 치질통이 다 사라져 지금은 아무 고통 없이 잘 살아가고 있다. 이렇게 고통의 뒤에는 쾌락이 있는데, 그럼 쾌락의 뒤에는 고통이 없을까?

쾌락을 추구하면 반드시 고통이 온다. 주색잡기도 도가 지나치면, '몸이 망가지고 집안도 거덜난다'는 패가망신(敗家亡身)이라는 말이 있지 않은가.

그러면 처음도 좋고, 중간도 좋고, 끝도 좋은 게 뭐가 있느냐. 선인들이 이야기해준다. 도를 행하는 일이라고. 도를 닦는 방법은 숱하게 많아서 사람마다 자기가 좋아하는 방법을 택하고 수행한다. 많은 방법 중의 하나가 아이 키우는 일이다. 아이를 잘 키워보라. 다 성장할 때까지 키워보라. 처음도 즐겁고, 커가는 것 보는 것도 즐겁고, 다 커서 제몫 하는 삶을 보는 것도 즐겁게 된다.

할배, 할매들에게 이보다 더 기쁘고 보람된 도 닦기가 어디 있으랴!

우리 모두 잘 챙겨 먹고 잘 삽시다 1

한의사들이 제일 듣기 싫어하는 소리가 "밥이 보약이다"라고 한다는 우스갯소리 비슷한 말이 있다. 불과 40~50년 전만 해도 맞는 말이었다. 그때는 밥을 제대로 못 먹어 몸이 허약하고 병에 자주 걸렸다. 보통 사람들은 보약은 언감생심 꿈도 못 꾸었고, 밥이나 실컷 먹는 게 소원이었다. 그래서 어른들이 '밥이 보약'이라고 하신 것이다.

요새 애들이 들으면 무슨 '귀신 씨나락 까먹는 소리'인지 모르겠다고 하겠지만, 내 고향에서는 어린애가 나이에 안 맞게 까불거나 행동하면 어른들이 대뜸 "대가리에 소똥도 안 벗겨진 놈이!" 하셨다. 대가리는 머리의 낮춤말이고, 그러면 머리에 웬 소똥이냐, 소가 머리에 똥이라도 누고 갔단 말인가. 요새는 머리에 소똥을 이고 사는 애들은 하나도 없다. 그러니 요새 애들은 무슨 말인지도 모른다.

머리에 소똥이 왜 생기느냐 하면, 그 이유인 즉, 자주 안 씻어서 그렇기도 하지만 워낙 못 먹어서 피부에 기름기가 없어, 각질이 쌓이고 쌓여 때랑 섞여 머릿속이 시커멓게 보이는 것이다. 보릿고개 넘기 이전의 시골 아이들은 거의 다 머리에 소똥을 얹고 살았다. 아이들이 점차 자라서 사춘기를 넘기게 되면 좀 못 먹더라도 몸 자체가 활력이 생기고, 몸에서 성장에 필요한 영양소를 자꾸만 요구하니 어떻게든 – 얻어서 먹든, 메뚜기나 참새, 토끼, 꿩, 개구리, 뱀 등을 잡아서 구워 먹든 – 많이 먹게 되고 그래서 피부에 윤기도 돌고, 또 멋 부리려고 몸도 자주 씻다 보니 소똥이 없어지게 되는 것이다. 이때가 서양 나이로 치면 하이틴세대가 되겠지. 말귀도 알아듣고 어른도 알아서 모시게 되는 나이가 되는 것이다. 이때를 기준으로 '소똥도 안 벗겨진 놈'이라는 딱지를 떼는 것이다.

우리 어렸을 때는 정말 배고팠던 시절이었다. 영양이 부족해 면역성이 거의 없어 홍역이라도 한번 돌면 어린애들의 치사율은 거의 70~80%였다. 오죽하면 홍역 치러야 출생신고를 했을까. 그때의 기억이 지금도 생생하다.

조금만 베이거나 긁혀도, 헐고 곪고 붓고 한 달쯤 가야 딱지가 떨어졌다. 뾰루지도 잘 생기고 부스럼도 온몸 여기저기 나고, 입 주변에 솔(요새 의학용어로는 헤르페스라고 하더라만)도 자주 생겨 그야 말로 얼굴부터 온몸이 성할 날이 별로 없었다.

솔 부스럼은, 입 주변이 가렵기 시작하고 물집이 송알송알 생기면서 트기 시작하면 그야말로 죽을 맛인데, 가려우면서도 콕콕 쑤셨다. 이때 민간요법으로 솔잎을 한 줌 따서 솔잎 끝으로 물집을 콕콕 찔러 터뜨리고, 부추잎을 손으로 싹싹 비벼 그걸로 상처 부위를 사정없이 문지른다. 피가 빨갛게 나오도록. 그러면 아이는 울고불고 난리다. 얼마나 시리고 따갑겠는가. 적어도 50세 이상의 시골 사람들은 이 이야기가 기억날 것이다. 이런 무지한 치료 후에는 입술 주위가 나팔처럼 부어오르고 진물이 줄줄 흐른다. 하루쯤 지나면 딱지가 생기고 한 열흘 지나면 빨간 흔적을 남기긴 하지만 낫긴 낫는다. 진물 속에 헤르페스균이 빠져 나가서 그런지 내 몸속에서 면역력이 생겨서 그런지는 잘 모르겠지만, 어쨌든 낫고 일 년쯤 지나면 빨간 흔적도 사라져서 완치가 된다. 솔 부스럼을 솔이라고 부른 이유는 솔잎으로 찔러 터뜨려 치료했기 때문이었다. 솔은 이렇게 해서 낫게 했고, 부스럼이 나서 고름이 생기면 느릅나무 뿌리를 잘라 껍질을 벗겨서 – 이것을 유근피라고 한다 – 찧으면 미끈미끈하고 끈적끈적하게 되는데, 이것을 붙여서 헝겊으로 감아놓으면 된다. 고름의 뿌리 – 이것을 우리는 회라고 불렀는데 – 를 잘 빨아내고 새 살이 잘 차오르게 한다. 현대의 연고 못지않게 치료가 잘 되었다.

이렇듯 우리 어릴 때는 너무 못 먹어서 온갖 질병에 시달렸다. 요새 같이 먹는 게 지천에 널려 있는 지금 시대의 사람들은 먹는 음식이 얼마나 중요한지를 잘 의식 못하고 있다. 음식은 우리 몸을 성장시키고 유지시키는 중요한 재료들의 집합체가 아닌가. 재료가 있어야 무얼 만들 수 있지 않는가. 면역물질을 만들려고 해도 그에 맞는 재료가 있어야 할 것인데, 우리 어릴 때는 먹을 게 너무 부족해 몸에 재료를 대주지 못하니 병을 달고 살았던 것이다. 나는 지금도 메뚜기를 구워서 먹으면 맛이 좋은데 손주들은 질겁을 한다. 손주들은 메뚜기가 아니더라도 단백질을 충분히 섭취하니까.

사람은 잘 먹어야 한다. 그래야 기운이 나고 살맛이 나고 일할 맛이 난다. 먹는 게 얼마나 중요한가를 설명하려면 내 할머니께서 하신 말을 옮겨 적으면 딱 맞겠다.

"이놈아, 부지런히 일해서 새끼들 배곯리지 마라. 이 세상 설움 중에 뭐니뭐니해도 배고픈 설움이 제일 크다. 아비 죽어 슬퍼도 밥은 먹어야 하고, 새끼 잃어 슬퍼도 밥은 먹어야 한다."

내 할머니는 당신 밥을 덜어서라도 일꾼들에게 더 먹였다. 밥심으로 일한다고, 배고프면 일 못한다고. 내 할머니는 배고픈 설움을 지독히 당하셨다고 이야기해주시곤 했다. 가뭄이 들면 입에 풀칠할 것조차 생산이 되지 않았다고 했다. 요새는 양수기도 있고 굴삭기도 있어서 웬만한 가뭄도 극복하고, 양식이 부족하면 수입이라도 해서 해결하고 살아가지만, 그 당시 일제 시대에는 가뭄도 자주 심하게 왔고 그나마 조금이라도 생산하면 왜놈들이 와서 뺏아가서 안 빼앗기려고 땅을 파서 숨기기도 했다고 한다. 없는 식량을 나라에서도 해결 못해주니 그야말로 초근목피(草根木皮)로 연명하셨단다. 당신도 못 먹고 애들도 못 먹어서 자식들이 죽었다고 옛날을 회상하시며 눈물을 흘리시곤 했다.

할머니는 보릿고개가 완전히 없어지고 난 후에도 10여 년 더 사시다가 돌아가셨다. 그 즈음에는 농촌에도 쌀밥을 얼마든지

풍족하게 먹을 수 있었지만, 내 할머니는 "젊어서는 없어서 못 먹고 이제는 늙어서 입맛이 없어서 못 먹겠네" 하셨던 기억이 지금도 생생하다.

우리 모두 잘 챙겨 먹고 잘 삽시다 2

요새 수명이 갑자기 늘어나서 '노령화사회'라고 그러는데, 그 이유는 보릿고개가 없어지면서 모두가 배불리 먹어서 그런 것이다. 그런데 수명은 늘어났지만 아픈 사람이 많아졌다. 왜 그럴까? 잘 챙겨 먹지 못했기 때문이다.

지금 65세 이상 사람들은 배고픈 시절을 보냈기 때문에 배부르게 먹는 것이 잘 먹는 것인 줄 알기 때문이다. 지금도 우리 세대는 무얼 먹든 배불리 먹으면 잘 먹었다고 인사한다. 모두 소고기 돼지고기를 푸짐하게 먹으면, 정말 만족하게 생각하고 정말 잘 먹었다고 생각한다. 이런 식습관을 30~40년 해왔으니 성인병으로 고생하기 시작하게 된 것이다. 워낙 먹을 게 없는 시절에는 뭐든 배불리 먹는 게 소원이었지만, 이제는 정말 잘 먹어야, 잘 챙겨 먹어야 되는 시절이 왔다. 그럼 어떻게 먹어야 될까?

우선 우리가 먹는 음식이 내 몸을 구성한다고 깊이 인식해야 한다. 내가 먹는 이 음식은 내 몸을 활동하게 하는 에너지로 작용하고, 내 몸을 유지하는 데 필요한 온갖 물질을 다 만들어내고, 내 몸의 형태 유지와 성장에 사용되고, 그래도 남는 게 있으면 내 몸 구석구석에 저장된다. 너무 칼로리 많은 음식을 먹으면 활동 에너지로 쓰고도 남으니 저장할 수밖에 없다. 주로 지방으로 만들어서 저장하니 고지혈, 당뇨, 고혈압의 위험에 노출될 수밖에 없다.

현대의 식품은 가공되는 게 너무 많다. 맛있고 보기 좋게 만드느라 인공색소, 인공감미료를 너무 많이 쓴다. 무슨무슨 맛 하는 것들 거의 다 인공적인 것들이다. 허가된 식품첨가물 수가 날이 갈수록 늘어나는 실정이다. 본래부터 자연에 존재했던 것은 인류와 더불어 살아왔기 때문에 별 문제가 없겠지만, 화학적 합성물로 만들어낸 것들 중에는 옛날에는 존재하지 않던 화합물이 많다. 이런 것들이 우리 몸에 들어오면 어떻게 되겠는가. 처음에는 먹을 수 있는 건가 싶어 소화를 시켜보려고 애쓰다가 안 되면 몸 밖으로 내보내려고 하겠지. 순순히 몸 밖으로 나가면 별 문제가 없겠지만 소장, 대장을 통과하면서 몸 안으로 흡수가 되면 어떤 일이 일어나겠나. 먼저 간으로 옮겨져서 분해를 해보겠지. 다행히 분해가 되면 콩팥을 통해서 오줌으로 내보낼 것이고, 분해가 안 되면 손톱, 발톱, 머리카락, 땀, 피부 등으로 어떻게든 내 몸이 정상적으로 유지되기 위해서 내보내려고 몸부림치겠지. 그래도 몸 밖으로 안 나가는 화합물은 어떻게 될까. 세포 곳곳에 특히 지방세포에 쌓아둘 수밖에 없을 것이다. 이런 쓰레기들이 쌓이고 쌓여 세포가 쓰레기 더미에 치여 정상적인 활동을 할 수 없을 때 그 세포는 죽을 수밖에 없을 것이고, 그런 세포가 늘어날수록 개체는 시름시름 앓다가 죽게 될 것이다. 식품첨가물이 비록 FDA에서 승인한 것이라도 자연에 없는 합성화합물이라면 우리 몸에서 탈을 내고 말 것이다.

FDA에서 검증했다고 해도 그 기술 수준이란 현재의 과학기술 수준밖에 더 되겠는가. 21세기 지금의 과학기술이 완벽한가? 천만의 말씀이고, 만만의 콩떡이다. 실험과 이론은 그것을 연구하고 실험하는 사람이, 자기의 예측과 일치하는 부분만 취하고, 벗어나는 데이터는 버리는 경우가 허다하다. 예측에 벗어나는 값을 설명하기에는 힘이 부치고, 입맛에도 맞지 않기에 버리고 만다. 그래서 생겨난 게 '카오스이론'이지만, 이조차도 완벽하게 설명은 안 되고 이런 사실이 있다는 정도다. 예를 들면 '나비효과'라는 게 있는데, 아마존강의 나비 한 마리가 날개짓을 했는데 그 날개 바람이 태풍 '사라'나 '매미'를 일으킬 수도 있다는 것이다. 실제 일조했겠지만 나비가 일으킨 바람이 태풍이 될 때까지의 경로를 어떻게 자세히 알 수 있겠나. 그러나 분명한 것은 나비의 날개 바람이 태풍에 기여한 것은 틀림없다는 이론이 카오스이론이다. FDA에서 식품첨가물이 인체에 무해하다고 증명하는 실험에서 실험자가 과연 태풍 속에 있는 나비 바람까지 고려했거나 알 수 있을까. 태풍이 죽을병이고 나비 바람이 합성화합물이라면 말이다.

실제로 합성화합물을 식품첨가제로 많이 먹는 나라일수록 알 수 없고 고칠 수도 없는 병들이 늘어나고 있지 않은가. 자연에는 임계점이 있다. 참는 데에도 한계가 있다는 말이다. 우리 몸도 어느 정도까지는 버티다가 그 한계를 넘어가면 쓰러질 수밖에 없다. 암(癌)이란 한자도 분해해보면, '병든 식품(品)을

산(山)만큼 먹으면 생기는 병(病)'이 아닌가. 병든 식품이란 나쁜 식품, 즉 상하거나 독이거나 우리 몸에서 분해 안 되는 것들을 말함이고, 산만큼 먹는다는 것은 많이 먹는다는 뜻이다. 즉 우리 몸의 임계점을 넘게 먹는다는 것이다. 나쁜 음식 자주 많이 먹으면 암은 틀림없이 걸린다. 병 생기고 나서, 나는 남한테 나쁜 짓 한 것도 없고 올바르게 살아왔는데 왜 내게 이런 몹쓸 병이 생겼나하고 푸념해봐야 부질없는 넋두리다.

평소에 잘 먹어야 건강하게 살 수 있다. 그럼 어떻게 먹어야 잘 먹는 것이냐?

첫째, 음식 귀한 줄 알고 먹어야 한다. 음식을 받아 놓고 먹기 전에 잠시만 생각해보자. 이 음식이 만들어지기까지 참여한 모든 사람의 공덕을 생각해보자. 농부는 씨를 뿌려 가꾸고 자연은 키워서 열매를 맺게 해준다. 생산하는 사람, 유통하는 사람, 돈 벌어주는 아버지 어머니, 요리해주는 어머니 아내, 모두에게 감사하자. 이 음식 안 먹으면 난 살 수가 없으니까. 얼마나 고맙고 감사한 일인가.

둘째, 내 몸에 득이 되는 음식을 먹어야 한다. 요새는 판매가 목적이고 돈이 목적이 되는 경우가 너무 많다. 맛있게 만들어야 되는 세상이다. 천연재료로서 온갖 기교를 부려 맛있게 하면 그 이상 바랄 게 없지. 그러나 온갖 인공조미료 첨가물로 눈이 즐겁고 입을 즐겁게 하는 데 모두가 혈안이 되어 있다. 만드는 사람이나 먹는 사람이나 요새는 무슨 맛 무슨 맛 하는 게 너무 많다. 과자, 음료수만 그런 줄 알았는데 치킨 등에도 쓴단다. 닭은 기를 때부터 알 잘 낳으라고 여성호르몬제 먹이고, 병 생기지 말라고 항생제 먹이고 한다던데, 거기다가 인공조미료 첨가물로 코팅해서 맛좋게 만들어 먹으니 참으로 우리 인간들이 잘 하는 짓인지 뭐하는 짓인지 분간이 잘 안 간다.

우리 이래도 되는 겁니까? 천지신명이시여! 우리 인간들 지금 제대로 살아가고 있습니까? 이대로 살아도 병 안 생기고 건강하게 살아갈 수 있겠습니까? 나는 아니라고 생각한다. 우리는 자연 속에서 태어나서 살아왔으니까 자연이 합성한 것 아니면 우리 몸에 득이 될 턱이 없다. 그러나 이런 가공식품을 하나도 안 먹을 수는 없는 현실 세계에서 가능하면 덜 먹도록 노력하고, 좀 힘들고 바쁘더라고 신선한 자연식품을 직접 조리해서 먹자. 바로 지금 먹은 이 음식이 나를 만들어준다고 생각하면, 어떤 음식이든 소홀히 생각할 수 없다. 1초가 모여서 한 평생이 되듯이 한 끼씩 먹어서 내 몸이 된다.

할배, 할매들! 우리 모두 잘 챙겨 먹고 건강하게 살면서 손주들 잘 키웁시다. 자식들에게도 손주들 잘 챙겨 먹이라고 잔소리도 가끔 하면서.

내 할아버지의 말씀이 생각난다.

"할배는 손주의 밑거름이다."

농사를 잘 짓는다는 것 1

나는 16년차 농사꾼이만 아직도 어설픈 데가 많다.

쉬운 것 같아 보이면서도 변수가 많다보니 해마다 시행착오를 한다. 작년에는 '올해의 경험을 바탕으로 내년에는 더 잘 지어야지' 하면서 올해 농사를 지었건만, 올해도 똑같은 소리를 하면서 내년을 기약한다. 그런데 한평생 농사를 지으신 어르신들께 내 착오와 후회를 말씀드리면 당신들도 똑같단다. 매년 잘 안 되고 후회스러운 부분은 내년으로 다짐한단다. 자식 농사도 비슷한 맥락이라서 첫 아이의 미진한 부분은 둘째 아이에게 기대해보고 싶은가 보다. 인지상정이겠지.

최근 두뇌학자들이 발표한 바에 따르면, 뇌의 기능이 1/3은 유전이고, 1/3은 환경이고, 1/3은 알 수 없는 영역이란다. 농사에도 딱 들어맞는 비율 같다. 농작물의 수확량은 1/3이 종자 탓이고, 1/3이 환경 탓이고, 1/3은 알 수 없는 탓이라고 느껴진다. 종자와 환경은 농부의 노력으로 최대한의 효율을 추구할 수 있으나, 알 수 없는 영역은 사람으로서 해볼 수 있는 영역 밖의 일이다. 그래서 옛 어른들이 시절이 좋아야 한다고 했다. 시절이 좋아야 풍년이 된다고 했다. 시절이 알 수 없는 영역이다. 왠지 모르게 병충해도 없고, 많이 열리고, 결실이 좋아지는 해가 있다. 그렇다고 농부가 좋은 시절만 기다리고 있을 수는 없는 일이고. 농부가 할 수 있는 종자 선택과 좋은 환경 만들어 주는 일에는 최선을 다해야 한다. 농부들이면 다 알고 있는 상식이지만 내가 알고 있는 대로 기본적인 것만 열거해보면, 농사는 종자 선택에서부터 시작한다.

좋은 유전인자를 가진 종자 중에서도 튼튼하고 실한 씨앗을 골라서 심어야 한다. 씨앗이 크고 실하면 발아 후 떡잎이 크고 실하다. 떡잎이 작은 것과 큰 것이 자라는 걸 보면 그 차이를 확연히 알 수 있다. 자랄수록 차이가 많이 나고 수확해보면 더욱 더 실감할 수 있다. 양파를 심을 때 그 씨앗의 크기가 조금씩 다른데, 발아해 자라서 이식할 때쯤이면 모종의 크기가 씨앗의 크기에 비례해서 굵은 것과 가는 것으로 나뉘고, 이듬해 초여름 수확해보면 양파의 크기가 모종의 크기에 비례하는 것을 볼 수 있다. 어떤 작물이라도 똑같이 적용된다. 씨앗의 중요성이 이와 같다마는 환경의 중요성도 씨앗만큼 중요하니 살펴보자.

환경의 유형을 살펴보면 첫째, 땅이 기름져야 한다. 씨앗이 아무리 좋아도 척박한 땅에 심으면 잘 자랄 수 없고, 좋은 결실이 생길 리 없다. 모종이 조금 못한 것을 심어도 땅이 기름지면, 좋은 모종을 척박한 땅에 심는 것보다 더 많은 결실을 얻을 수 있는 것이다.

그리고 작물 특성에 맞게 토양을 개량해야 한다. 배수가 잘 되게 하거나, 물을 잘 함유하게 하거나, 비료도 적정량 주고, 퇴비는 조금 많이 줘도 괜찮고, 가물 때는 물을 퍼서라도 충분히 줘야 하고, 잡초도 없애야 하고, 병충해도 구제해야 하고, 새떼도 쫓아야 하고, 토끼, 고라니, 멧돼지 등도 못 오게 해야 한다. 요새는 식물의 특성을 최대한 이용하는 방법이 작물마다 다르므로 많은 경험을 해야 한다. 많은 수확을 기대하면서 식물을 너무 비대하게 키우면 오히려 꽃이 안 피거나 적게 피어,

되레 수확량이 줄어든다.

이것은 동물에서도 같은 현상이 발생한다. 닭이나 돼지를 너무 살찌게 키우면 불임이 되거나 새끼를 적게 낳는다. 개체가 너무 성하면 자신이 한없이 자랄 줄 알고 후손 만들 생각을 않는다. 사람이라고 예외가 아니다. 좋은 후손 만들려면 좋은 난자, 좋은 정자가 만나야 한다. 좋은 후손을 위한 노력은 전혀 하지 않고 아무렇게나 애 만들어놓고 태교 한답시고 음악 들려주고, 영어 수학 공부한다고 우수한 아기가 태어날 리 없다. 안 하는 것보다는 조금 나을지는 모르겠지만. 요즘은 좋은 난자, 좋은 정자 가진 사람이 점점 줄어든다니 큰 걱정이 아닐 수 없다. 왜 그럴까? 많은 이유가 있겠지만, 너무 잘(?) 먹어 개체가 너무 성해서도 그렇다. 요즘 젊은 아이들 중에는, 남자 가슴이 여자처럼 부풀어 있는 경우가 많다. 음식 속에 여성호르몬이 많이 있어 그런 것이 아닌지. 특히 육류 고기의 육질이 좋아지라고 사료 속에 온갖 영양제에 항생제에 여성호르몬제를 섞어 동물들에게 먹인다니. 다 그렇다는 것은 아니겠지만 일부 욕심 많은 사람들이 그런 짓을 저지르다가 가끔 뉴스에 등장하곤 한다.

식물도 퇴비를 많이 주면 무슨 농작물이든 다 잘 된다. 하지만 화학비료를 너무 많이 주면 죽을 수도 있고, 적당히 주어도 너무 잘 자라거나 웃자라서 넘어지기도 하고 꽃을 덜 피우거나 아예 안 피우는 것들도 있다. 사람에게 퇴비란 무엇이냐 하면, 좋은 식단이다. 쌀밥, 현미, 잡곡쌀밥이면 더 좋고, 채소, 과일, 나아가 제철 채소, 제철 과일이면 금상첨화고, 생선과 육류는 총 식사량의 1/8(치아 개수로 계산해보면, 전체 치아가 32개인데 고기 먹으려고 생긴 송곳니는 4개니까 1/8이다) 정도만 먹으면 가장 이상적인 식단이라 할 수 있다. 반면 사람에게 화학비료란, 온갖 가공식품, 인스턴트식품을 말한다. 미국에서도 이런 음식을 정크푸드(Junk food, 쓰레기 같은 음식)라고 말하면서도, 쓰레기 같은 음식 먹는 걸 줄이기는커녕 너무 많이들 먹어서 비만천국이 되어가고 있다. 누군가는 "미국이 망한다면, 그것은 바로 비만 때문일 것이다"라고 말한 것을 본 적도 있다.

잘 키운 농작물이 결실을 잘 맺어 다음 해의 풍년 농사를 약속하듯, 내 몸 잘 만들면 – 내 몸 속에서 좋은 씨와 밭이 만들어지고 – 똑똑하고 건강한 자식 태어나는 것을 약속 받는다. 아무렇게나 먹어서 나쁜 몸 상태로 자식을 만들면 건강하고 좋은 아기가 태어나기 어렵다.(물론, 요새는 부모가 다 건강하고 문제가 없어도 불임 혹은 난임이거나, 의학적으로 설명하기 힘든, 아예 설명할 수 없는 장애를 갖고 태어나는 경우도 있긴 하지만, 이런 특수한 경우를 제외하고 보통, 다수의 경우를 말하니 오해 없기 바란다.) 나중에 나는 아무 죄 지은 것도 없는데, 왜 나에게 이런 고난을 짊어지우느냐고 천지신명을 원망해봐야 소용없다. 본래 "천지(天地)는 불인(不仁)하다"고 노자가 이야기했다. 즉 원인 없는 결과 없는 것이다.

할매, 할배들! 똑똑하고 튼실한 자손 바라거든 내 몸 농사 잘 지어야 되는 것 먼저 주지하시고, 자식, 손자에게 가르쳐주시고 지도 편달 잘 하시오.

농사를 잘 짓는다는 것 2

모든 일에는 다 해야 할 적절한 때가 있다. 그 때를 놓치면 목적하는 결과를 얻을 수 없다. 영어로는 '타이밍'이라 하더구먼.

낚시 좋아하는 분들은 매번 챔질의 타이밍이 얼마나 중요한지 실감할 것이다. 농사 잘 짓는 것도 타이밍을 잘 맞춰야 한다. 《농가월령가》가 바로 그것을 알려주는 책이다. 때 맞춰 농사일 해야만 풍년 농사를 지을 수 있다는 말이다. 씨 뿌리는 것도 때를 넘기면 제대로 된 소출을 기대할 수 없다. 망종까지는 씨를 다 심어야 한다고 바쁠 망(忙), 종자 종(種) 자를 써서 망종(忙種)이다. 종자가 땅에 들어가야 할 바쁜 시간이란 말이다. 봄에 씨를 뿌리지 않았으면 가을에 거둘 것이 생길 리 없다.

어떤 TV 대담 프로그램에서 혼인 적령기에 대해 이야기를 주고받는 걸 본 적이 있다. 나이 든 남자분이 혼인도 적령기에 해야 튼튼한 아이를 낳을 수 있다며 씨앗도 봄에 뿌려야 되지 철 지나면 안 된다고 강조하자, 젊은 여자 출연자가 "요새는 그렇지도 않아요. 비닐하우스가 있으니 아무 때나 뿌려도 되요" 한다. 재치를 부린다고 말했는지, 웃기려고 했는지, 진실로 그렇게 생각했는지 모르지만 참 발칙한(?) 말이다. 봄에 제철에 파종해서 더운 여름을 지나서 가을에 결실한 제철 농산물과 여름이나 가을에 파종해서 추운 겨울에 하우스 안에서 자라서 결실한 농산물을 비교해보라. 어느 것이 영양가가 많고 맛도 좋고 사람 몸에 이로움을 줄지는 물어보나마나다. 키우기도 어느 쪽이 더 쉬운지는 말할 필요도 없다. 하우스 짓는다고 돈 들지, 겨울에 온도 올린다고 안 써도 될 열을 소비하지, 뭐 하나 좋은 것도 없는데, 제철 아닌데도 비싼 값에 먹어주는 철모르는 소비자 때문에 경제적 이득이 있다고 비닐하우스 농사 짓는 게 현실이긴 하다.

하지만 한 개의 종자에 대해서만 생각해보자. 종자도 하나의 생명인데 한 생명이 태어나야 할 시기에 태어나고 자라서 튼실한 후손을 남기는 게 맞는 이치고 섭리지, 철 지나 태어나서 힘들고 어렵게 자라 부실한 종자를 남기게 하는 것은 말이 안 되는 이치지.

아이도 요새는 비닐하우스 농사 짓듯이 철 지나서 만들고 키울 수 있다고 하는 사람들이 있더라만 글쎄요, 설사 가능하다고 해도 하우스에서 자란 농산물이 자연에서 자란 농산물보다 나을 수 없는 것과 같듯 아이 낳고 키우는 것도 같은 이치, 같은 결과가 나올 것이지요. 왜냐하면 생명은 식물의 종자든 사람의 종자든 자연에서 태어나 자연에 적응해 살아왔으니까.

오랜 세월이 지나면 어떨지 모르겠지만 아직까지는 자연의 섭리대로 살아가는 게 정답이다.

젊은이들이여, 제때 결혼들 해서 좋은 후손들 낳아 기르는 재미 실컷 누리며 사는 게 정답이외다.

입장 바꿔 생각해보면 그만인 것을

'구(舅)' 자가 외삼촌 구인 줄 알았더니 시아버지 구도 되는 줄 신문 보고 알았네.

이전에는 고부(姑婦) 갈등이 많았는데 요새는 구부(舅婦) 갈등이 등장하기 시작했다니, 세월 따라 변하는 것도 많다. 옛말에 며느리가 밉게 보이기 시작하면 트집 잡을 것이 없어도 발뒤꿈치가 계란 같다고 타박을 주었다는 이야기가 있다. 인성의 고약함이 극치에 이른 현상이다. 시집살이 맵게 당한 시어머니가 며느리 시집살이도 맵게 시킨다고 한다. '고초, 당초 맵다 해도 시집살이보다 매울 손가'하는 노래도 있었으니. 사람의 마음이 왜 그럴까? 자기가 당한 것만큼 자기보다 힘없는 사람에게 되갚아야만 속이 시원해져서 그런가? 시어머니께 구박받은 며느리는 세숫대야라도 차야 화병이 덜 생겼을까. 예전에는 그랬다고 해도 이제는 악습의 고리를 끊어야 서로 행복해진다.

갈등이 안 생기게 하려면 서로 멀리 떨어져 있어야 한다. 갈(葛, 칡)과 등(藤, 등나무)이 같이 있으면 하나는 왼쪽으로 감아 올라가려고 하고, 다른 하나는 오른쪽으로 감아 올라가려니 부딪칠 수밖에 없다. 떨어져 있으면 너야 오른쪽으로 가든 말든, 나야 왼쪽으로 가든 말든 서로 신경 쓸 필요가 없다.

요새는 며느리 데리고 사는 시부모가 별로 없어 물리적으로 부딪칠 일은 많이 없어졌지만 마음이 문제를 일으킨다. 시부모 눈으로 보면 아들 며느리 하는 짓이 마음에 안 들 때가 생기겠지. 같이 살면 자연히 잔소리를 하게 되고 잔소리 들으면 싫어질 것이고. 세대 간에는 보는 관점이 다르기 때문에 다투는 일이 생길 수밖에 없다. 미국에서는 사위와 장모간의 갈등이 심각하다고 하는데, 그것도 같이 사는 집에서 많다고 한다. 따로 살아도 간섭하고 잔소리를 하면 갈등이 생긴다. 일부러 찾아가서 냉장고 뒤져보고, 집안 청소 상태 보고, 잔소리 해대면 좋아할 며느리가 어디 있을까.

입장 바꿔 생각해보면 금방 답이 나온다. 사자성어로 하면 역지사지(易地思之)다. 따로 살게 살림 내주면서 밥을 먹든 빵을 먹든, 청소를 하든 지저분하게 살든 내버려 두는 게 서로 편하게 사는 방법이다. 물론 어른이 돼서 너무 무관심해도 안 되겠지. 며느리 하는 행동이 인간의 상식, 현대의 생활방식에 너무 동떨어지면 한 번씩 야단을 쳐서라도 바로 잡아주어야 하겠지만, 이때도 며느리가 수긍할 수 있게 논리적으로 말해야지 그렇지 않으면 듣기 싫은 잔소리에 지나지 않는다.

자식한테 배반감 느낄 때 하는 말이, "내가 너를 어떻게 키웠는데 네가 나한테 이럴 수가 있느냐"고 하는 사람이 많다. 듣는 자식은 참 듣기 부담스럽고 싫은 말이다. 속으로 '누가 낳아 달라고 했어?' 할걸! 부모가 자식을 키울 때는 자기의 최선을 다해서 키웠다고 생각하겠지. 그러나 자식은 또래의 친구들과 항상 비교하기 때문에 만족스런 부모라고 생각 않는다. 먼 훗날 부모가 죽고 없어지고 나면, 자식이 철들어 그때는 후회가 되고 고맙게 느낄지 몰라도. 지금 시대만 그런 게 아니다. 그러니 우리 모두 자위하고 살자.

주자십회훈(朱子十悔訓)에도 '불효부모 사후회(不孝父母 死

後悔)'라고 하지 않았던가. 그때도 그랬으니까 이렇게 키웠든 저렇게 키웠든 생색내지 말고 입 밖에 안내는 게 상책이다. 부모로서 당연히 해야 할 일을 한 것뿐인데, 자기가 낳았으면, 부모가 되었으면 자기의 능력껏 자식을 잘 키울 의무가 있는 것 아닌가. 키울 때 보상 받고 싶고, 효도 받고 싶어서 키우지는 않았을 것이니.

늙으니까 생기는 욕심이다. 재물이 있어서 결혼 선물로 집이라도 사주고 나서 주말마다 꼬박꼬박 손주 데리고 안 온다고 화를 내고 야단친다는데, 그래서 얻는 게 뭘까. 억지 효도를 받아봐야 관계만 서먹하고 감정의 골이 깊어지면 불화 밖에 더 생길까. 집 사주는 부모는 자기 주위 둘러보고 '큰 생색낼 일 했다'고 생각되겠지만, 받는 자식은 자기 주위 둘러보고 '남들도 다 해주는 건데, 뭐' 하고 심드렁하게 여길 수도 있다.

손주가 귀엽고 보고 싶으면, 매일 데리고 있으면 된다. 주중에는 매일 데리고 보살펴주고 재롱 실컷 보고 즐기고, 주말에는 저들끼리 즐기게 내버려두면 아무 갈등도 생기지 않고, 자식 며느리에게 진심으로 감사한 대접을 받을 것이다. 잘해주는데 싫어하는 사람은 없다. 하물며 자식인데. "가는 말이 고와야 오는 말이 곱다"는 속담처럼 '가는 정이 있어야 오는 정'도 있다. 왜 가는 것부터 말했을까. 받으려고만 하지 말고 먼저 베풀어야 된다는 것을 선인들은 강조하신 것이다. 속담에 "되로 주고 말로 받는다"는 말이 있는데 주로 부정적인 의미로 쓰인다. 이걸 바꾸어 긍정적으로 생각해보자. 말로 주고 되로 받든지, 못 받아도 전혀 서운하지 않다고 마음 먹자.

제일 좋은 방법은 주고 나서 잊어버리는 것이다. 그래야 내 마음이 항상 편안하다. 뭘 좀 줬다고 반대급부를 생각하면 그것이 돌아오지 않을 때 내 마음만 상할 뿐 득 될 게 없다.

자식, 손주 키울 때 쏟은 정성은 그때그때 재롱 보는 값으로 다 받았다고 생각하면 마음이 편하다. 정이란 하루아침에 쌓이는 게 아니다. 남녀간의 정은 하룻밤을 자도 만리장성을 쌓는다는 속담이 있지만, 여타 사람간의 정이란 꾸준히 주고받으면서 깊어지는 것이다. 부자지간의 정도 마찬가지다. 부모의 은혜를 모르는 자식이 어디 있을까마는 자식이 삶에 힘들고 지칠 때나 부모가 효도를 강요하거나 지나치게 생색낼 때는 서로간에 불화가 발생한다. 사람은 이성과 감성을 같이 가지고 있어 이것이 서로 조화를 이루어야 원만한 삶을 살 수 있는데, 어느 한 쪽이 다른 한 쪽을 지배할 때 문제가 생긴다. 특히 감성이 이성을 억누르면 눈에 보이는 것이 점점 없어지게 된다. 사람은 대단한 것 같아 보여도 화학물질의 작용에 따라 생존한다. 화가 나면 아드레날린이 분비되기 시작하고 이것이 많이 생길수록 눈에 뵈는 게 없어진다. 이성은 떨어지고 감성만 폭발하여 동물이 되기 시작하는 것이다. 수양(修養)이란 감성을 억제하고 이성을 항상 우위에 놓게 하는 훈련인 것이다. 수양이란 쉽지 않고 꾸준히 해야 하는 것이겠지만, 더 좋은 방법은 서로가 나쁜 감정이 생기지 않게 조심하고 좋은 감정이 되도록 일상을 유지하는 것이다.

대접 받는 시부모가 되고 싶으면 손주를 길러주자. 서양의 어느 학자가 연구한 논문에 의하면, 할아버지 할머니가 키운 아이들의 아이큐(IQ)가 그렇지 않은 아이들에 비해 10 이상 높게 나왔다고 한다. 아마 인성을 재는 지수가 있어서 측정해보면 두 배는 높게 나올 것이다.

아프리카 속담에는 "노인 한 명이 사라지는 것은 도서관 하나가 불타는 것과 같다"라는 것이 있고, 이와 비슷하게 영국에는 "노인이 갖고 있는 지식은 도서관의 책보다 많다"라는 속담도 있다고 한다. 나의 도서관을 그냥 썩히기엔 너무 아깝지 않은가. 아낌없이 손주에게 전해주자.

할배는 손주의 밑거름이니까!

효도법이라니!
너무 많이 바라지 말자

라디오에서 '효도법' 발의에 대해 이야기하면서, 요새 자식들이 얼마나 불효하면 이런 법을 만들겠냐며 '부모은중경(父母恩重經)'에 대해 이야기한다.

'부모님 은혜에 보답하려면 한 쪽 어깨에는 아버님을 올려놓고, 다른 쪽 어깨에는 어머님을 올려놓고 무릎이 다 닳도록 일평생 수미산을 돌아도 다 갚을 수 없다.'

옆에 앉아 있는 아내에게 물어본다.

"나는 남자가 되어 산고가 어떠한지 모르는데, 당신은 산통을 알 테니 어떻게 생각해? 정말 자식이 저 정도로 힘들여야 은혜에 보답한다고 생각해?"

아내가 대답한다.

"물론 산통이 힘들고 죽을 것처럼 아팠지만 그건 누구나 하는 일이고 나만 하는 것도 아니지. 더구나 그 아픔은 일시적인 것인데 어떻게 자식더러 평생을 그렇게 고역을 치르면서 살라고 해? 부모가 되었으면 자기 능력껏 잘 길러주는 게 의무 아니야? 잘 커주고 좋은 짝 찾아서 저들끼리 잘 살아주고 속 썩이지 않으면 그게 효도지, 뭐!"

사실 '부모은중경'은 중국에서 만들어진 위경(僞經), 즉 가짜 경전이란 설이 지배적이다. 중국은 땅덩어리가 커서 지배자가 백성을 쉽게 통치하기 위해서 특히 충효(忠孝)를 강조한 나라다. 어느 나라나 다 중요하게 여겼지만 중국은 지나치게 강조한 측면이 있는 게 사실이다.

'부모는 내 몸과 같고, 형제는 수족과 같고, 처자식은 의복과 같다'는 말을 내 아내는 제일 싫어한다. 내가 한 번씩 써 먹으면 흥분해서 되묻는다.

"그게 말이 되는 소리야? 처자식 없이 어떻게 가정이 있으며 가정이 없이 어떻게 나라가 존재해? 후손이 없이 어떻게 인류 역사가 존재할 수 있냐구!"

맞는 말이다. 부모 입장에서 제 욕심만 차린 말이다. '부모 잘 섬기고 형제간 우애 있게 잘 살아야 한다. 그까짓 처자식은 의복과 같으니 있으면 좋고 또 새 옷으로 갈아 입을 수도 있으니 중요하게 여길 것 없다'는 이런 생활 철학이 수천 년 동안 지배해왔으니, 자식이 제 마누라 위하고 제 자식 챙기는 걸 보기 싫어하는 것이다.

어디서 얻어 들은 우스갯소리를 하나 해보면, 옛날 어느 집에 3대가 살고 있었는데, 추운 겨울 어느 날 아들이 산에서 나무를 한 짐 해서 집에 오니 삽짝 앞에서 자기 아들이 발가벗고 오들오들 떨고 있는 게 아닌가! 왜 그러고 있냐고 물어보니 할아버지가 벌 세워놓고 있는 중이란다. 아버지께 따질 수도 대들 수도 없는 교육을 받고 자랐으니 대놓고 항의도 할 수 없고. 생각해낸 방법이 나뭇짐을 내 팽개치고 옷을 다 벗어 던지고 아들 옆에 서서 하는 말이, "자기 아들이 추운지, 내 아들이 추운지 어디 한번 해보자" 했다나?

예나 지금이나 "쌀독에서 인심 난다"는 말은 진리다. 자식에게 효도 받고 싶으면 자식이 잘 살아야 된다. 부모님을 돌봐주겠다고 약속해 자식에게 자기가 가진 것 미리 다 주었는데,

이후 부모님을 돌보지 않는 염치없는 자식들에게, 재산을 다시 부모님께 돌려 드리라고 발의하는 내용의 법률이 가칭 '효도법'이란다. 여기서 염치없는 자식이란, 저는 잘 먹고 잘 살면서도 부모를 안 돌보는 이들을 지칭하는 것이다.

그런데 자식이 다 털어먹고 아무것도 없어서 효도하고 싶어도 할 수 없을 때가 더 큰 문제다. 재산이 조금이라도 있어서 내 노후를 위해 꼭 갖고 있고 싶어도, 자식이 와서 죽는 소리를 하면 마음이 약해져서 주지 않을 부모가 과연 얼마나 될까. 죽을 때까지 아무도 장담 못하는 게 이 문제다. 내 아내는 주장한다. 그러니까 연금을 많이 들어 놓으라고. 그것이 노후를 지켜주지, 돈, 부동산 그거 믿을 수 없다고. 자식을 못 믿어서가 아니라 자식의 돈을 믿을 수가 없는 것이지. 자식들 주머니가 넉넉하면 효도는 저절로 되는 것이다.

자식들 돈 많이 모을 수 있게 손주들 돌봐줘서 딸, 며느리들도 일할 수 있게, 둘이서 돈 많이 벌 수 있게 하자. 그러면 손주들 키워서 직접 애국하고, 자식들이 맘 놓고 일 열심히 할 수 있게 도와서 간접 애국하니, 애국자 되고, 용돈도 받고, 많이 벌면 보육비는 더 달라고 하고.

다만 너무 많이 바라지는 말 것! 많이 바라지 않으면 실망도 적은 법. 바라는 게 적을수록 작은 효도도 크게 느껴진다.

인생은 시행착오의 연속 아니던가!

기사를 쓸 때나 상황 묘사를 정확히 해야 할 때는 반드시 '육하원칙'대로 써야 보는 사람이 이해하기가 쉽다. 누가, 언제, 어디서, 무엇을, 왜, 어떻게 했다는 것을 잘 묘사해야만 훌륭한 보고서가 될 수 있다.

나는 인생살이에도 이것을 적용하면 어떠한 일을 하든 명확하게 할 수 있다고 생각한다. 남에게 시킬 때도 그렇고, 내가 스스로 할 때도 그러하다. 내가 어느 날, 어디에서, 무엇을 할까는 목적하는 바가 있으면 쉽게 알 수 있고, 설정할 수가 있다. 그 다음 왜 해야 하는지는 남에게 표현하든 자신에게 주지

시키든 확실한 이유와 목적의식, 목표의식, 그리고 삶의 철학이 들어가야 한다. 남에게 공감을 얻기 어려운 일일지라도 내가 해야 할 일이라면 자기변명, 자기합리화를 위해서라도 왜 해야 하는지 이유를 확실히 해야 된다고 생각한다. 그래야 용기가 생겨서 '하룻강아지 범 무서운 줄 모르고' 덤벼들듯이 과감하게 일을 추진할 수 있다고 본다.

그 다음 중요한 것이 어떻게 그 일을 할 것이냐다. 가장 효율적인 방법을 생각해내야 한다. 산꼭대기는 한 곳이지만 올라가는 길은 무수히 많다. 어떤 길을 택해서 어떻게 올라가야 하는지 선택해야 한다. 자기 혼자 생각해내든, 남에게 자문을 구하든, 가장 효율적이고 능률적이라고 생각되는 방법을 선택해서 실행에 옮겨야 한다. 무슨 일이든 한 번에 척 이루어지거나 딱 맞게 잘 되는 일은 거의 없다. 시행을 하면 착오가 생기고, 그래서 안 되는 이유도 발견하고, 수정해서 새로 시도하고, 피드백을 많이 할수록 보다 만족한 결과를 얻을 수 있다.

손주 돌보는 일도 그렇다. 내가 지금 우리 집에서 손주 돌보는 일을 왜 해야 하는지를 알고 하면, 책임감도 생기고 목표의식도 생기고 마음도 편안하고 기분도 좋아진다. 왜 해야 하는지는 각자가 심사숙고해서 설정할 일이다. 아들네 딸네 잘 살게 하기 위해서, 손주가 귀엽고 예뻐서, 손주를 둘 이상 낳아도 기꺼이 다 돌봐줘 출산율 올리는 데 보탬이 되고 싶어서 등, 더 좋은 이유를 각자 찾아내면 좋겠다.

아이 돌보는 방법에 관한 책은 너무나 많은 게 현실이다. 정보가 너무 넘치면 - 현대는 책도 너무 많고, 인터넷 바다에는 정보가 홍수다 - 나에게 꼭 필요한 정보를 찾아내기가 여간 어려운 일이 아니다. 좋은 정보, 맞는 정보 찾는 실력을 쌓기 위해서는 평소에 기본기 정도는 공부해두어야 한다. 정평이 난 책 두세 권을 정독해서 지식을 축적하고, 생각과 개념의 근간을 확립하고 있어야만 필요한 정보를 취사선택하고, 내 것으로 활용할 수 있다고 생각한다.

손주 키우는 것 하나도 어렵지 않다.

우선 할 수 있다고 생각하고 시작부터 한다. 기저귀 갈아주기, 젖병 물리기, 목욕시키기, 유모차 운전하기. 그때그때 배우면 된다. 오랜 세월 탓에 잊었거나 처음부터 몰랐다고 걱정할 것 없다. 며느리는 거의 다 알고 있으므로 돌보다가 모르는 게 있으면 그때그때 물어보면 된다. 무슨 일을 하든 사람은 욕심이 생기기 마련이어서, 더 잘 하고 싶어지는 게 인지상정이다.

오늘도 무엇이든 더 좋은 방법을 찾아서 헤매는 게 인생아닌가!

다시 어린아이가 되어 뛰노는 황홀경을 맛보다

영어로 '엑스터시(ecstacy)'란 단어는 '감정이 고취되어 자기 자신을 잊고 도취 상태가 되는 현상'을 말한다. 즉 쉽게 말하면 자기를 잊을 정도의 '즐거움'과 '황홀감'이다. 그렇지만 그것이 행복은 아니다.

슬픔과 괴로움을 좋아할 사람은 아무도 없다. 그래서 우리는 어제도 오늘도 내일도 즐거움을 찾아 헤맨다. 의학적으로 엑스터시 상태일 때 우리 몸속에서 생성되어 나오는 화학물질은 알려진 것만 해도 꽤 많단다. 매스컴에 자주 등장하는 것만 해도 엔돌핀, 세로토닌, 멜라토닌, 옥시토신, 도파민 등이다.

이 모든 화학물질들은 우리의 기분을 좋게 하고 면역성을 증강시킨다고 한다. 이것들은 순간적으로 생성되고 소멸되는 것이라서 아직도 확실한 정체를 모른다. 언젠가는 대량 합성되어 듬뿍 먹고 온종일 엑스터시에 젖어 있을 날이 올지도 모르겠다. 만약 그렇게 된다고 해도 그것이 행복은 아닐 것이다. 엑스터시에 빠져 있는 시간은 무아(無我) 상태이기 때문에.

어떤 칼럼을 읽은 적이 있는데 참선을 하다가 득도의 순간 분출되는 도파민의 양이 갑남을녀(甲男乙女)가 사랑을 나눌 때 나오는 도파민의 양보다 72배나 많다고 한다. 그 칼럼을 쓴 분도 어디서 들었던 걸 인용했다고 했다. 그러고 보니 최초에 그렇게 주장한 사람이 누군지도 퍽 궁금하고, 어떻게 재어 봤는지도 궁금하네. 양적으로 재었을까 질적으로 재었을까, 아니면 극치의 시간으로 비교했을까? 찰나를 1/72초라고 주장하는 사람이 거기에 빗대어 표현한 게 아닐까?

그런데 극치의 순간은 1초가 되었든, 1/72초가 되었든, 하루 온종일이 되었든, 사실 아무런 의미가 없다. 왜냐하면 그 시간은 무아의 경지이기 때문에 깨고 나면 똑같이 얼마나 시간이 흘렀는지 모르기는 마찬가지니까.

'무량원겁 즉일념(無量遠劫 卽一念), 일념즉시 무량겁(一念

卽時 無量劫)'이라. 아무리 긴 시간도 한 생각이요, 한 생각이 무한한 시간이니까.

극치는 무아지경(無我之境)이고, 무아는 자기가 없어져버리는데 극치를 구하려고 온갖 짓을 하는 사람의 모순이라니! 사람은 왜 자아를 찾으려고 노력하고 자존심, 자긍심을 세우려고 핏대 올리면서 살아가다가도, 왜 자기가 사라지는 걸 추구할 때가 있을까? 엑스터시의 순간, 몰아의 순간, 몰입의 순간, 삼매(三昧)의 순간, 우리는 '나'가 없어지는 경험을 하게 된다. 세상사 골치 아프니 나를 잊기 위해 오늘도 엑스터시를 찾아 헤매고들 있는 것인가? 문제는 사람마다 엑스터시를 찾는 방법이 다르기 때문에 온갖 충돌이 생기게 된다.

노름하는 사람, 물에 빠져 죽을 수도 있는데 바다낚시 하는 사람, 얼어 죽을 수도 떨어져 죽을 수도 있는데 높은 산에 올라가는 사람, 고주망태가 되도록 술 퍼먹는 사람, 몸도 망치고 가정도 망쳐가며 색을 밝히는 사람, 온갖 사람들이 저마다 온갖 방법으로 몰아의 경지를 찾아다닌다. 정도가 지나치거나 절제를 못하는 시간이 많아질수록 몸도 마음도 가정도 사회도 국가도 피폐해져가기 마련이다.

내 몸을 건강하게 하고 정신을 더 풍요롭게 하면서 몰아의 경지, 삼매의 경지를 체득하기 위해서 사람들이 발명해낸 방법이 기도와 명상, 참선, 일, 운동, 공부, 놀이 등이다. 혼자 할 수도 있지만 같이 하면 더 능률적일 수도 있다.

할배는 손주들과 함께 운동, 공부, 놀이를 같이 하면 딱이다. 아이들과 놀아줄 때는 나도 아이가 되면서 그 순간 늙은 할배는 사라지고 같이 어린아이가 되어서 몰아의 경지로 들어간다. 그래서 같이 놀이에 몰입하면 할배인 나는 없어지고 손주와 같이 노는 또 한 명의 아이가 있을 뿐이다. 그곳에는 진정한 엑스터시가 흘러 넘쳐 시간은 사라지고 현재만 남는다.

달관하는 게 꼭
좋은 것만은 아니지

준서는 방과후수업 중 하나로 축구를 한다. 화요일과 목요일에 한 시간씩 하는데, 조금 일찍 마중 가서 열심히 뛰어다니는 걸 구경하면 대견하기도 하고 웃음이 절로 나기도 한다.

끝나고 집에 데려올 때면 여름에는 옷과 머리칼이 땀으로 흠뻑 젖어 있다. 집에 오면 목이 타는지 요구르트부터 찾는다. 한번은 집으로 오는 도중에 넌지시 물어봤다.

"너 축구 하는 것 보니 잘할 것 같은데 열심히 해서 메시나 호날두 같은 세계적인 스타 선수가 될 생각 없니?" 했더니 실로 어이없는 대답을 한다.

"할아버지 저는 그냥 평범하게 살고 싶어요" 하는 게 아닌가!

이게 초등학교 1학년 만 6세의 대답이라니. 평범이 뭔지 알고 하는 소린지 몰라도 뉘앙스는 딱 알고 하는 소리 같으네. 실소를 금할 수 없었다. 어이없는 웃음 한번 흘리고 다시 물었다.

"왜 유명한 스타가 되면 좋잖아?" 하니까 "그냥 평범하게 사는 게 좋아요"라고 한다. 어디서 배웠는지 궁금했다. 가만히 생각해보니 〈짱구는 못 말려〉, 〈도라에몽〉, 〈닌자토리〉 등 일본 만화를 TV에서 자주 보더니 거기서 배운 게 틀림없는 것 같다. 일본의 달관 사상이 벌써 현해탄을 건너 우리 준서에게까지 도달했는지 심히 걱정스럽다.

일본의 젊은 세대 사이에 달관사조가 널리 퍼져 있다고 신문에 난 적도 있었다. 우스갯소리까지 곁들여 있는 걸 본 적이 있다.

'공자님이나 부처님이 현세에 계셨으면 아무 가르침도 펼 수 없었을 거라고. 이미 달관의 경지에 들어선 그들에게 무얼 더 설교할 게 있겠냐고.'

개인적으로는 달관의 경지에서 살아가면 마음 편하고 좋겠지만 모두가 달관의 경지에서 살면 국가적으로는 큰 문제가 아닐 수 없다. 국가 존립의 위기까지 갈 수 있다. 지금 일본에선

아베를 선두로 한 우익들은, 과거의 일본과 미래의 일본을 생각하면 걱정이 태산일 거다. 과거에 중국과 한국 등 많은 아시아 국가에 지은 죄는 크지, 현재의 젊은이들은 달관사조에 빠져 있지, 중국은 그동안 '쥐 잘 잡는 고양이'가 최고라면서 무섭게 성장하더니 국민총생산(GNP)에서 일본을 앞지른 지 몇 년 되었고 이제는 벌떡 선다느니 우뚝 선다느니 하니, 미래가 겁날 수밖에 없다. 그래서 지난 날 일본을 무릎 꿇린 미국 앞에서 다시 한번 설설 기고 있다.

그런데 우리 한국은 별로 두려워할 존재로 여기지 않는 것 같다. 왜 그럴까? 너무 뻔하지 않은가. 자기들보다 힘이 없으니까. 애들 싸움이나 어른 싸움이나 국가간 전쟁이나 힘센 놈이 약한 놈한테 굽실대는 걸 본 적이 있나. 언제든 세상은 힘센 자의 것이다.

우리나라보다 세계에서 더 영향력 있는 일본의 젊은이들은 달관이라도 하지만, 우리 젊은이들은 체념과 원망으로 살아간다고 맨날 언론에서 떠들어댄다. 무슨 자랑이라고, 무슨 경쟁이 붙었는지 3포 세대라더니, 이제는 5포, 7포, 9포라고 앞다퉈 보도한다. 누가 만드는지 말들도 잘 만들어낸다. 칼럼이란 칼럼은 절망한 젊은이의 넋두리로 가득 차고, 어깨 잡고 흔들며 용기를 불어넣어주어야 할 어른은 눈에 띄지 않는다. 같이 울며 위로하는 것이 무슨 유행처럼 번지고 있다. 슬퍼서 울기도 하지만, 울면 슬퍼지는 것도 사람 마음이다. 어른은 뒤로 돌아서 울 망정 젊은이들 앞에서는 허세라도 부려서 용기를 북돋워야 한다. 그래도 이번에 우리 국민은 희망을 보았다. 북한 도발 앞에 전역을 연기한 용기 있는 젊은이들 수십 명을 보았다. 누군가 그랬다.

"젊은이들은 무섭다. 언제든 마음만 먹으면 그들은 해낼 수 있으니까."

삶이란 용감하게 부딪히고 해보는 데 있지 않은가!

할배들, 우리 손주놈들 용기 있게 자라도록 기를 팍팍 불어넣어줍시다.

열 손가락 똑같이 아파하자

형제간의 사랑을 왜 우애(友愛)라고 했을까? 친구처럼 사랑하라고 한 걸까? 서로 친구가 되라고 한 걸까? 친구간의 사랑의 극치는 역사적으로 '관포지교(管鮑之交)'를 들 수 있겠지. 또 의형제를 맺었지만 그 의리가 목숨을 내놓고라도 변치 않음을 보여주어 최고의 칭송을 받고 있는 '도원결의(桃園結義)'도 있었다.

왜 사람들이 그들을 존경하고 부러워하고 모범을 삼으라고 할까? 그것은 보통사람들은 하기 힘들다는 사실을 스스로 인정하고 있기 때문이다. 세속의 삶에서 우정이란, 생기는 인연 때문에 맺어졌다가 그 연이 다하면 떨어지고 멀어지고 잊히고 말기 때문이다. 술 때문에 만난 친구 술 떨어지면 멀어지고, 돈 때문에 만난 친구 돈 떨어지면 멀어지고, 정 때문에 만난 친구 정 떨어지면 끝난다. 정이 그래도 그중 순수하다만 사소한 일로도 삐쳐서 헤어지는 경우도 다반사다. 너무 가까우면 데이고 너무 멀어지면 온기를 느낄 수 없는 모닥불과 같은 사랑. 적당한 거리에서 따뜻함을 즐기고 모닥불이 꺼지지 않게 꾸준히 땔감을 공급하며 가끔씩 뒤적거려 잘 타게 해주어야 오랫동안 영원히 온기를 누릴 수 있다. 땔감을 너무 넣어도 너무 자주 뒤적거려도 모닥불은 꺼질 수 있다.

살다보니 '유유상종(類類相從)'이란 말이 진리 같다. 그때그때 비슷한 사람끼리 만나서 사귀고 살아가는 것 같다. 어릴 때 친했어도 나중에 서로의 형편이 달라지면 서로 비교하며 멀어지는 경우도 많다. 값을 쳐주지도 않는 자존심과 열등감 때문에 서로 멀리하게 되는 것이다.

형제간 우애도 친구간의 사랑과 다름이 없다. 그래서 우애라고 했는가. 재벌 2세들의 이익 다툼은 온세상이 다 알게 요란하다. 조그마한 재산이라도 있으면 빈소에서도 형제간에 멱살잡이를 한다고 신문과 방송에 자주 나온다. 도덕심도 법률도 사회 인심도 변해가고 있으니 형제애도 점점 각박하고 팍팍해진다. 형제애를 돈독히 가지도록 하려면 항상 공평하게 대접받고 있다고 느끼도록 해주어야 한다. 절대로 편중, 편애하면 안 된다. 말로만 "열 손가락 깨물어 안 아픈 손가락 없다"고 하지 말고.

내 아내는 준서가 밥 잘 먹고 떼 덜 쓴다고 막내 시우보다 예뻐하고는 한다. 그런데 아이들이 눈치는 더 빠르다. 시우는 "할머니는 준서 오빠만 좋아해" 하면서 할머니를 나보다 좋아하지 않는다. 나는 아내에게 얘기해준다. 시우 좀 더 예뻐해주라고. 그러면 아내는 "시우는 떼를 너무 써서 미운 걸 어떡해"하며, 가끔씩 출근하는 제 아빠한테 별것 아닌 걸로 떼쓰고 울고 매달리는 게 영 못마땅하단다. 자기 자식 괴롭히는 시우가 미운 거다. 한 다리 건너 천 리라더니.

그래서 아내한테 내가 한마디 해준다.

"시우 떼쓰는 것도 지금 뿐이야. 지금이 지나고 나면 나중에는 떼쓰라고 해도 안 쓸 거다. 그때가 되면 지금이 그리울지도 모르지. 떼쓰는 것도 예쁘게 보고 즐겨. 다 한때여."

자식들간 형제애를 지키기 위해 늙어서 마지막으로 해야

할 일은, 정신 맑을 때 재산 분배를 확실히 해놓아야 한다는 것이다. 비록 지금 주지 않더라도 서류상으로 명확히 해놓고 공평하게 해주어야 형제간 다툼을 예방할 수 있다. 그리고 부모 살았을 때 자주 찾아오게 하고, 형제끼리 서로 자주 만날 수 있게 해주어야 한다. 안 본 정은 안 생기고, 안 보이면 멀어지는 게 사람 마음이다. 친구든 형제든 부모든 자주 보는 게 정을 돈독히 하는 최상책이다.

나는 큰아들 자식들, 작은아들 자식들 똑같이 거두어주고 키우고 있다. 아주 공평하게 사랑하고 있다고 자부한다. 우리 손주들, 민서, 수린, 준서, 시우한테 물어보면 아마 각자가 자기가 제일 사랑 받는다고 말할 거다. 나는 한 명씩만 만나는 기회가 생기면 "할아버지는 너를 제일 사랑해. 난 네가 제일 좋아" 하고 쓰다듬어준다.

두 아들 내외가 번갈아가며 아침저녁으로 애 맡기고 데리러 내 집에 오면서 자연적으로 서로 자주 만난다. 그러다 보니 두 며느리도 남달리 친해질 수밖에 없다. 두 살 차이라도 깍듯이 형님 대접해주고 사랑을 주고받는다. 한 며느리가 주말 출장을 가면 남은 며느리가 서로의 아이들을 돌봐주고, 때로는 데리고 자기도 한다. 이제는 아이들이 많이 커서 서로 잘 놀기도 하지만 애들은 많이 모일수록 기분이 좋아져 떠들고 다투고 시끄럽다. 먹는 것 챙겨주는 것도 쉬운 일이 아니다. 같이들 있으면 더 먹어댄다. 그런데도 힘든 일을 서로 자청해서 하는 걸 보면 서로 정이 많이 들고, 서로 생각해준다는 게 증명된다.

이렇게 형제간에 우애 있고 동서간에도 우애 있게 된 게 다 누구 덕이냐. 다~ 이 할배가 손주 키워주는 일을 하고 있기 때문 아니겠나. 손주 키워주면 좋은 일이 한두 가지가 아니다.

내 인생의 마르지 않는 행복의 샘터

좋은 샘이란 시원하고 개운한 맛이 느껴지는 물이 고인 곳이다. 가물어도 장마에도 한결같이 일정한 수량을 내주는 곳이다. 행복의 샘도 무슨 일이 있거나 상관없이 즐거움과 기쁨을 한결같이 느낄 수 있어야만 되는 곳이다.

그런데 행복이란 상태일까, 느낌일까?

대개의 경우 우리는 남과 비교해서 행복을 느끼기도 하고, 불행하고 비참하게 느끼기도 한다. 나는 SBS 〈세상에 이런 일이〉란 프로그램을 즐겨 본다. 신기하고 희한한 일도 많지만 나를 크게 행복한 사람으로 만들어준 방송이 몇 번 있었다.

앞이 하나도 안 보이는 사람이 농사를 짓고, 자전거를 타고 다니면서 기계를 수리하고, 그림을 그리기도 하는 것을 본 적이 있다. 우리는 잠깐만 안 보여도 답답하고 불안한데……. 그분들의 소원은 한결같이 조금이라도 보였으면 좋겠다는 것이었다. 그 방송을 보고 두 눈이 멀쩡한 나는 얼마나 행복한지 모르고 살아온 것을 새삼 알게 되었다. 사람은 욕심이 끝이 없어서 평소에 눈 밝고 잘 걸어 다니는 이 행복한 사실을 잊고 지내거나, 으레 있는 것이니 생각도 않고 부귀영화만 추구하러 다니느라 행복을 좀처럼 느끼지 못하고 살아간다.

욕심이 삶의 동력이지만, 욕심에 눈이 먼 사람, 마음을 뺏긴 사람, 자신의 내면을 들여다보는 시간을 한 번도 가지지 않은 사람은 항상 불행한 마음을 가지게 되고 불쌍한 삶을 살게 된다. 젊을수록 욕심의 강도가 세지다가 노년에 접어들면 인생이 무엇인지 알고 싶어지고, 자신을 돌아보고 내면의 세계를 살피게 된다.

어떤 신문에서, 원로들에게 인생이 다시 주어진다면 어느 때로 가고 싶냐고 물었는데, 50대, 60대, 70대, 80대 심지어 어느 외국인은 90대인 지금이 제일 행복하다고 했다는 기사를 읽은 적이 있다. 젊은 날의 초상은 열망, 정열, 희망, 절망, 좌절이 뒤죽박죽 엉킨 혼란의 시기 아니던가. 육체적으로 젊다는 사실 하나 빼고는 어떤 것도 탐나지 않는 괴로운 시기임을 지나와봤으니까 다시는 가고 싶지 않은 시절인 것이다. 50세를 지천명(知天命)이라고 했던 옛 사람들도 똑같은 감정이었을 것이다. 힘들게 죽자 사자 뛰어오다 뒤돌아보니 인생이 무엇인지 조금은 알 것 같고 생활도 어느 정도 안정되니, 내면의 세계를 자주 들여다보게 되고 그래서 차차 행복을 느껴가기 시작하는 나이가 적어도 50세는 되어봐야 한다는 것이다.

나이를 먹어서도 욕심이 식을 줄 모르고 행동하는 것을 '노탐(老貪)'이라고 하던데, 이것 부려서 끝이 좋은 사람 하나도 없는 걸 보면 나이가 들수록 탐심을 버리고 행복심을 찾아야 하는 것이 맞는 것 같다. 욕심을 줄일수록 행복심은 커진다. 마음 상태를 바꾸면 행복을 느낀다. 행복이란 무엇인가. 상태인가, 마음인가? 본래 행복한 상태란 없다. 행복한 마음에 놓여있을 때 우리는 행복한 상태에 머무는 것이다. 우리의 두 눈이 항상 밝은 상태에 있다가 갑자기 두 눈의 시력을 잃어 암흑 속에 있다고 가정해보자. 밝은 두 눈을 가지고 사는 게 얼마나 좋은 건지 행복한 건지 금방 깨달을 수 있다. 내 두 눈은 항상 밝은 상태 그대로지만 내 마음에 의해 그것이 행복인줄 알게 된 것이다. 모든 것은 마음이 지어내는 것이다. 행복도, 불행도, 즐거움도, 고통도.

나는 오늘도 손주들 데리고 학교로 태권도장으로 피아노 학원으로 부지런히 다닌다. 집을 열 번도 더 들락거린다. 만보계를 차고 다니면 만이천 보 이상 찍힌다. 남들은 힘들지 않느냐고 묻는다. 나는 전혀 힘들다고 생각 않는다. 무엇이든 하기 싫을 때 힘든 법이다. 즐겁게 하면 힘이 드는 줄 잘 모른다. 나의 행복의 샘터는 우리 손주들이니까. 요놈들 커가는 걸 보노라면 매일이 즐겁다. 애들 크는 걸 잘 관찰하면 매일매일 커가는 게 눈에 보인다. 키도 크고, 몸도 크고, 정신도 커가는 게 보인다. 마음으로 보이는 게 아니고 눈으로도 보인다. 애들 키는 하루에 0.1mm 이상씩 큰다. 0.1mm는 원자, 전자의 세계에서 보면 엄청나게 먼 거리이다. 0.1mm를 키우기 위해 음식을 공급해야 한다. 먹이는 게 얼마나 중요한지를 깨달아야 한다. 몸에 좋은 재료를 공급하면 좋은 몸이 이루어질 것이고, 나쁜 재료를 공급하면 나쁜 몸이 되는 것이다. 한 끼 식사든 군것질이든 바로 내 몸을 만드는 재료가 되는 것이다. 한 끼 식사는 아이의 몸을 0.03mm 이상 자라게 한다는 사실을 잊지 말고 잘 먹여야 한다.

물론 나도 내 삶을 손주 돌보는 데만 다 쓸 수는 없고, 내가 하고 싶은 일도 하고 산다. 인생 2모작, 3모작을 손주 돌보기와 병행해서 한다. 손주들 학교 보내놓고 신문도 보고, TV도 보고, 공원 가서 운동도 한다. 기운 없으면 손주들 못 봐주고 내 몸 아프면 만사가 귀찮아지고 행복감도 없어지므로 건강이 최우선이다. 잘 챙겨 먹고 체력 단련 부지런히 해야 한다.

주말에는 아내와 농장에 가서 우리 먹을거리 생산하느라 바쁘다. 남들은 힘들겠다고 하지만 난 내 좋아서 하는 일이라 그런지 즐겁기만 하다. 농사는 작은 성취감을 자주 주는 일이라 좋다. 누군가, 나만 바라고 전력투구해서 이루어지는 큰 성취감은 설사 성취해도 곧바로 허탈감이 찾아오지만, 작은 성취를 자주 이루면 행복감을 오래 누리고 행복한 상태에 오래 자주 머물게 되어 더 좋다고 하더라. 그래서 그런지 농사는 행복감을 자주 많이 준다.

그러고 보니 자식 농사든 농작물 농사든 똑같으네!

내리사랑 치사랑

자식이 먹다 남긴 음식을 부모는 아무 거리낌 없이 먹어 치운다. 더럽다는 생각이 추호도 없다. 하지만 부모가 먹다 남긴 음식을 자식은 께름칙해서 못 먹고 버린다. 음식 버리면 천벌 받으니 먹으라고 하면, 대놓고 "더러워서 어떻게 먹느냐"고 한다.

옛날 할머니께서 내게 얘기해주셨던 기억이 난다.

"이놈아, 내리사랑은 있어도 치사랑은 없다!"

그때는 이 말의 뜻을 전혀 몰랐었고, 왜 그런 말씀을 하시는지 의아했었다. 지금도 할머니의 의중을 다 알지는 못하겠지만 아마도 맹목적인 사랑, 유식한 말로 아가페적인 사랑은 대를 내려가는 것이지 치솟아 올라가는 것은 아니란 말씀인 것 같다. 그것이 자연스런 현상이고, 그래야 자식 사랑하는 마음이 자손 대대로 이어져 유구히 계승되어, 자손이 끝없이 이어지는 근본이 되고, 끝없이 자기 확장이 이루어짐을 의미하신 것 같다.

치사랑이 있다면 그것은 아무래도 의무감, 책임감이 딸린 효도일 것이다. 자연 현상은 에너지가 높은 곳에서 낮은 곳으로 흐르는 게 정상이다. 그 반대는 결코 저절로는 일어나지 않는다. 억지로 하려면 더 많은 에너지가 든다. 그만큼 부작용이 생기는 것이다. 부모의 사랑은 높은 에너지를 가졌고 자식의 사랑은 그보다 낮기 때문에 자연스레 내리사랑이 생기는 것이다. 이 세상 그 누구든 자식이었던 적 없는 부모 없고, 부모가 안 될 자식은 없다.(요새는 부모 안 되려는 젊은이들이 많긴 하더라만.) 자식 시절에 받았던 그 부모의 사랑을, 부모 되어서 자식에게 쏟고 있는 것이 너무나 자연스러운 현상이 아닌가. 그래서 내리사랑은 있어도 치사랑은 없다는 것이다.

할배, 할매들! 자식에게 치사랑 받으려고 강요하지 말고, 옛날 우리 부모에게 받았던 내리사랑을 자식에게 주었으면, 그 자식이 부모가 되어 제 자식에게 쏟고 있는 사랑을 흐뭇하게 바라봅시다. 그게 바로 조상으로부터 지금까지, 또 다음, 다음으로 면면이 이어질 것이니.

나는 바통 넘겨받고, 바통 넘겨준 것뿐이여!

2부

손주 돌보기

아이를 돌보기 위해서 중요한 것은, 첫째가 마음가짐이고, 둘째가 체력 기르기다. 손주를 돌보는 것이 인류의 번성을 위하는 길이고, 애국하는 길이며, 가정의 행복을 가져 오는 길이고, 내 개인의 영원성을 전하고 확장하는 길임을 심도 있게 자각해보아야 한다.

첫 손주, 민서를 돌봐주기로 결심하다

큰아들 결혼시켜 놓고 일 년이 지나도 손주 소식이 없었다. "왜 애가 안 생기느냐"고 물으면 "저희 노력하고 있어요"하고 대답한다. 가만히 생각하니 애를 낳고나면 누가 돌봐줄지 걱정하는 것 같다. 우리는 으레 친정어머니가 봐주겠거니 생각하고 있었는데 그게 아닌 것 같았다.

큰아들 보고 짝 찾을 때, 서울 근처 사는 아가씨 중에서 고르라고 당부했건만 인연이 어디 마음먹은 대로 이루어지는 건가. 천리길 머나먼 마산 아가씨랑 결혼하게 됐고, 장모는 가게를 하고 있어 애 봐줄 형편은 아니었다. 우리 형편도, 아내는 일을 하고 있었고 나는 귀농 6년차라서 애 볼 형편이 못 되었다. 그렇다고 애를 안 낳고 살 수야 없지. '에라, 내가 당분간 농사를 접고 애 키워주기로 하자'고 마음먹었고, 어느 날, 가족이 다 모여 저녁식사 하는 자리에서 속마음을 털어놓았다.

술 한 잔 먹으니 기분도 좋아졌고, 며느리 애교도 귀엽고 아들도 대견스러워 보이고 해서 "너희 둘 애 봐줄 사람 없어서 애 낳기 주저하는 거라면 걱정마라. 낳기만 하면 내가 농사일 때려치우고라도 봐주마" 했더니 옆에 있던 마누라가 펄쩍 뛰며 성질을 낸다. "아니 나한테 한 마디 의논도 없이 어떻게 그렇게 중대한 얘기를 터뜨리냐"고. 아내 말이 옳긴 한데 나는 아내한테 얘기한 것 같았다. 며칠 혼자 골똘히 생각하다보니 아내한테 얘기한 것 같은 착각에 빠진 것이다. 그래서 아내 입장에서 보면 불쑥 폭탄 같은 선언으로 들린 것이다. 지금도 확인차 얘기를 꺼내보면 절대로 자기랑 의논 않고 혼자 내질렀다는 것이다. 아직도 퉁명스럽게 대답하고 서운했다고 성질내곤 한다. 어쨌거나 그 다음부턴 내 결심이 미심쩍은지 아내는 계속 물어보았다.

"자기 정말 혼자서 애 볼 수 있겠어요?"

"걱정마, 그까짓 애 보는 것 왜 못해? 어릴 때 동생 두엇 키워봤기 때문에 할 수 있어. 낳아봐, 내가 키울게."

그래서 내가 애를 돌보기로 하고 그날부터 애 낳기만을 기다리고 있었다.

그런데도 반년이 지나도록 소식이 없네. 은근히 조바심이 나는데 누군가 익모초가 임신에 도움이 된다는 얘기를 해주기에 지체 않고 경동 약령시장에 가서 익모초 말린 것 5kg을 사 와서 물 한 말 붓고 가마솥에서 하루 종일 달였다. 꿀병으로 한 병 정도 약 2.4kg까지 졸여서 내가 양봉한 밤꿀이랑 아침저녁 각각 한 숟갈씩 먹으라고 주었다. 신기하게도 다 먹어갈 즈음 태기가 있다고 알려왔다. 그때의 그 기쁜 마음이 10년이 지난 지금도 생생하다.

첫 아기, 우리 민서를 건강하게 낳고, 두 번째 아기 우리 준서를 가질 때도 익모초를 먹고 금방 가질 수 있었다. 이번에는 건강식품 코너에서 파는 익모초 환(丸)을 밤꿀과 함께 먹였다. 익모초가 임신에 확실히 도움 된다는 사실이 한 번 더 입증된 것이었다.

내 아내의 친구 며느리가 두 번이나 유산을 했다고 걱정하길래, 익모초 복용을 권해봤고 마침 그쪽도 그런 사실을 알고 아내한테 부탁해왔다. 때마침 초여름이라 우리 농장 밭둑 여기저기에 익모초가 잔뜩 자라고 있어 하루 농장에 들러 베어가라고 했다. 우리가 복용했던 방법을 얘기해주었고 오래지 않아 임신했다는 소식을 들었다. 그후 튼튼한 아기를 낳았다고 고맙다는 인사를 전해왔다.

한의사들도 익모초는 아기집을 따뜻하게 해서 배란과 착상이 잘 되고 아기가 잘 자라게 도와준다고 말한다. 옛 어른들이 여자들은 아랫배를 따뜻하게 해야 된다고 했다. 경험에서 우러난 말이므로 옛 어른들 말씀 틀린 게 하나도 없다. 요새는 젊은 여자들이 너무 예뻐 보이는 데만 치중해서 치마와 바지는 점점 짧아지고 배꼽 내놓는 것도 모자라 아랫배까지 내놓고 다니니 옷을 입은 건지 헝겊을 걸친 건지, 갈 곳 둘 곳 찾기 힘들어진 남자들 눈이 불쌍해진 건지 호사(?)를 하는 건지. 옷을 그렇게 입는 것만으로도 몸이 차게 되는데 아이스크림, 찬 음료수 벌컥벌컥 마셔대니 몸이 어떻게 건강해지겠나!

요새 결혼하고도 애가 잘 안 생기는 이유 중 제일 비중이 큰 것이, 젊은 여자들 몸이 대체로 차기 때문일 것이라 장담할 수 있다. 많은 TV 건강 관련 프로그램에서도 '체온을 1도씩 올리면 면역성이 10배 강해진다'고들 한다.

그러니 젊은 여성들이여, 부디 몸 따뜻하게 하여 임신하고 싶을 때 척척 임신해서 튼튼한 아기를 낳는 게 현명한 길임을 명심해주시길!

준서 네가 나보다 한 수 위구나

마누라 자랑, 아들 자랑하는 사람을 전에는 '팔푼이'라고 불렀다. 요새는 바보라는 말이 유행하던데 손주 자랑하는 나는 손주바본가 보다.

모임에 가서 손주 자랑들 하면 요새는 5만 원 내놓고 하란다. 몇 년 전에는 1만 원 내놓고 하라더니 그새 인플레가 심하게 되었네. 손주 자랑하는 사람이 늘어간다는 얘기인건지…….

준서 말 배울 때 딴 애들과 다른 점이 있어 적어본다.

준서 키우면서 세 살 쯤에 말을 가르치려고 한글 그림이 있는 카드 중에서 우산 그림이 있는 카드를 들고 "이게 뭐야?"하면 "비와"하고, 의자 그림 카드를 보여주면 "앉어"한다.

'아! 언어라는 게 이런 거구나! 상호 통하면 그게 언어다.'라는 사실을 새삼 깨달았다.

한번은 어린이집을 가다가 갈림길이 나오니까 "할아버지 잠깐만 어느 길로 가야할지 생각 좀 해볼게" 하고는, 무슨 생각을 어찌 했는지 "할아버지, 이쪽 길로 가자" 하면서 앞서 걷는다. 아! 인생이란 이렇게 매순간 선택의 기로에 서게 되고, 하나를 선택하면 다른 하나는 어쩔 수 없이 버리게 되니 그쪽 길은 어떠한지 영원히 모른 채 살아가게 되는 것이지.

문득 어느 시인이 쓴 〈숲속의 두 길〉이란 시가 생각나네. 준서 덕분에 인생은 끝없는 선택을 하면서 살아간다는 사실을 새삼 돌아보게 되었다. 준서의 그 행동은 나중에 알고 보니 TV에서 방영되는 만화 〈하이도라〉에서 보고 배운 것이었다.

또 준서는 인사 트는 데는 선천적인 소질을 가지고 태어났다. 또래 끼리는 말할 것도 없고 놀이터에서 노는 걸 멀리서 보고 있으면, 초등학생 고학년 형, 누나뿐만 아니라 심지어 중고등학생한테도 인사를 튼다. 관심 끌 장난감을 들고 가서 보여주며 장난감의 이름과 놀이법, 갖게 된 경위 등을 설명인지 자랑인지 하며, "나는 준서야. 나는 5살이야. 너는 이름이 뭐야? 너는 몇 살이야?" 한다. 자기소개를 먼저하고 상대방에게 묻는다. 그러곤 금세 친해지며 같이 놀고 과자 같은 걸 얻어먹기도 하고 주기도 한다.

이 나이까지 인생을 살아온 이 할배도 잘 못 하는 교분 쌓기를 준서는 어렵지 않게 척척하니 그런 점에서 나보다 낫다. 옆에서 보는 이웃 할머니들도 한마디씩 한다.

"우리 어른보다 낫네."

사실 이 할배도 우리 아파트의 줄 복도 30세대 다 인사 못 트는데……. 새로 이사 온 사람하고 인사 트는 데 수 개월씩 걸리기도 하는데…….

'준서 네가 나보다 한 수 위다.'

아이도 자연의 산물이니 자연스럽게 키워야지

아기를 키우면서 제일 힘든 때는, 예나 지금이나 아기가 아플 때다. 조금 자라서 말이라도 할 줄 알면 그래도 덜 답답하지만 말문이 터지기 이전에는 그야말로 가슴이 미어진다.

나 어릴 적 시골 사는 어머니들은 애들이 아프면 할 수 있는 방법이 많지 않았다. 아기가 아파서 보채면 젖이나 주고, 젖도 먹지 않으면 안아서 어르고, 업어서 어르면서, 밤에는 잠도 한숨 못 자고 그저 신령님께 마음속으로 또는 소리 내어 빌 뿐이었다.

조금 여유롭게 사는 집은 상비약으로 '포룡환' - 이게 뭘로 만들어졌는지 지금은 없어졌으니 모르겠지만 생약제제임에는 틀림없을 텐데, 겉은 금색, 은색이고 속은 빨갛다. 아이들이 먹기 쉽게 물에 또는 젖에 개어보면 빨간 액체가 된다. 해열이 되긴 했다 – 이라도 있지만, 그 당시에는 이마저도 없는 집이 더 많았다. 그래서 애들이 열이 나서 보채면 젖을 먹이거나 경험 많은 할머니께 물어서 무를 긁어서 꿀에 버무려 먹이거나 파뿌리 삶은 물을 먹이거나 산죽이나 칡뿌리를 삶아서 먹이기도 했다.

나도 여남은 살 때, 갓난 동생이 홍역에 걸려 칡뿌리를 캐러 간 적이 있다. 그것도 이른 봄에 칡을 찾아 캔다는 게 어린 나에겐 쉬운 일이 아니었지만, 열에 달떠 괴로워하는 동생을 생각하면 산에 가지 않을 수 없었다. 칡 한 뿌리를 캐왔지만 그것 삶은 물만으론 홍역의 강한 열을 잡을 수가 없었는지 그 동생은 그만 하늘나라로 가버리고 말았다. 어린 마음에도 무척 슬퍼서 울기도 많이 했고, 죽음 없는 세상이 되면 – 지금 생각하면 그 세상은 더 끔찍한 세상일지도 모르지만 – 얼마나 좋을까, 죽은 사람 살리는 자(尺)가 경주 어디 무덤에 파묻혀 있다는 전설도 들은 터라 그걸 꺼내오면 얼마나 좋을까 생각도 했었다. 하여튼 그 당시의 열악한 의료 환경을 생각하면 지금은 애 키우기 정말 쉽다.

웬만한 열은 해열제 두어 번 먹이면 뚝 떨어지고, 조금만 아파도 금방 병원에 갈 수 있고, 의사가 진찰해주고 약 처방해준 대로 약 지어 와서 먹이면 대개 잘 낫는다. 요새는 오히려 과잉 진료, 과잉처방이 걱정일 때가 있다. 아기들이 아프지 않으면 평상시에 애 키우는 건 어려울 게 별로 없다. 배불리 먹이고, 똥오줌 가려주고, 얼러주고, 잠재우고, 하루에 두어 번 유모차 운전해서 바깥에 나가 햇볕도 쪼여주고, 맑은 바람을 쐬어주고, 세상 구경시켜주면 대체로 아기들은 잘 자란다.

그럭저럭 하루 이틀 지나가면 뒤집고 기고 앉고 서고 걸으면서 말을 하기 시작한다. 기저귀 떼면 어린이집 보내면 되고, 요새는 나라에서 돈 대준다고 기저귀 차고도 어린이집 가는 아가들도 많더라. 무슨 일이든 장단점은 있지만 장점이 많은지 단점이 많은지 잘 생각해보고 결정할 일이다. 남이 장에 간다고 거름 지고 따라가지 말고!

요새는 육아서적이 너무 많아 오히려 혼란스럽다. 정보는 많을수록 좋다지만 정보도 홍수처럼 많으면 올바른 판단도 떠내려가버린다. 루소의 《에밀(Emile)》이 지금도 대접받는 육아서인 까닭은 '자연으로 돌아가라'는 루소의 주장이 애들 양육에도 적용되었기 때문이다.

예를 들면 그 당시에는 파리의 귀부인들은 대부분 유모를 두고 있었는데, 아기가 배가 고파 울어도 젖먹이는 시간이 아니면 절대 젖을 먹이지 않고 울게 내버려두었다. 그래서 루소가, "이게 아니다. 배고플 때 먹지 못하면 발육도 나빠지고 성격도 나빠진다. 배고파 울면 아무 때고 젖을 먹이라. 자연스럽게 키워야 한다"고 주장한 것이다. 그 당시 관습에 반하는 소리를 했으니 당시에는 엄청나게 지탄 받았었다. 더구나 웃기는 것은, 루소 자신은 애를 다섯 명이나 낳았어도 보육원에 다 보내고 하나도 키워보지 않았으니, 사람들이 "너는 하나도 키워보지 않았으면서 뭘 안다고 떠드냐" 고 비난했던 것이다.

내가 알기에 더 웃기는 것은, 이 시대의 파리는 귀부인들이 굽 높은 나막신에 냄새 짙은 향수를 뿌리고 다녔다. 왜냐하면 똥오줌이 길거리에 지천으로 깔려 있었기 때문이다. 이 시기의 법률에는 이런 것도 있었단다. 위층에서 똥오줌을 창밖으로 버릴 때는 아래층을 향해 "똥 버린다" "오줌 버린다" "똥오줌 버린다" 이렇게 세 번 고함지르지 않고 버리면 처벌하는 조항이 있었단다. 그 당시 우리나라는 요강도 있었고 정낭이라는 푸세식 화장실이 별로도 있던 시절이었다. 이때까지만 해도 우리문화가 그네들보다 훨씬 우수했었는데…….

아무튼 자연의 산물은 자연스럽게 길러야 잘 자란다는 것은 만고의 진리다. 그래서 그 후로 루소의 자연으로 돌아가라는 사고방식과 교육법이 찬양받고 있다.

그러니까 아이 키우는 거 하나도 어렵지 않다. 그저 자연스럽게 자라도록 옆에서 지켜보고 도와주면 잘 자란다. 생명은 스스로를 키워가는 힘을 자신 속에 가지고 있으니까!

애를 돌보려면?
마음가짐과 체력이 중요하다네

아이를 돌보기 위해서 중요한 것은, 첫째가 마음가짐이고, 둘째가 체력 기르기다.

손주를 돌보는 것이 인류의 번성을 위하는 길이고, 애국하는 길이며, 가정의 행복을 가져 오는 길이고, 내 개인의 영원성을 전하고 확장하는 길임을 심도 있게 자각해보아야 한다. 남한테 보이기 위한, 설명하기 위한, 자존심 확립을 위한 얄팍한 합리화가 아닌, 내 삶에서 정말 중요한, 꼭 해야 할 지표의 하나임을 자각할 때 긍지와 자부심이 생기게 된다. 이런 마음이 되면 남 보기에 창피하다거나 남에게 자랑한다거나 하는 그 어떤 마음의 동요를 느낄 필요가 없고, 그저 내 삶의 일부이자 내 생활의 일부로 받아들이게 된다.

내가 처음 유모차를 끌고 동네길을 다니던 때가 벌써 10년 전 일인데, 그때는 유모차 운전하는 할아버지가 거의 없었다. 지금은 그래도 제법 많아져서 자주 눈에 띈다.

하루는 자전거를 타고 가는 어떤 영감이 - 나랑 비슷한 연배 같아 보인 - 나 들으란 듯이 한마디하고 스쳐간다.

"남자 망신 다 시키고 있네."

순간 어이가 없었지만 피식 웃고 말았다. 난 이미 마음이 정해져 있었기 때문에 누가 비난하든 칭찬하든 개의치 않을 수 있었다.

또 아이를 돌보려면 체력은 필수다. 애를 안거나 들어 올리려면 힘이 있어야 한다. 기운이 부치면 내 몸이 상한다. 허리 삐끗해버리면 젊어서도 잘 안 낫는데 나이 먹으면 더 힘들고 고질화되기 쉽다. 그러면 평생 불편하게 살아야 한다. 그렇다고 애 안 보는 게 최상이겠다고 생각하면 바보 같은 생각이지. 애 돌볼 기운조차 없으면 다른 무엇을 하더라도 몸 망가지기 딱 알맞은 체력일 테니.

나도 첫 손주를 돌볼 때 처음에는 힘이 부치는 걸 보면서 새삼 나이듦을 느꼈다. 이래서는 안 되겠다 싶어 학교를 떠나고는 해본 적 없는 철봉과 평행봉에 매달렸다. 처음에는 한 번씩도 힘들었지만 지금은 턱걸이 8개 이상, 평행봉 20개 이상 할 수 있다. 아이들 돌보는 덕택에 체력이 늘어 또래 친구들보다 좀 더 젊음을 유지하고 있다.

아이들은 나날이 체중이 늘어나 10kg 이상이 되면 할머니들이 다루기에는 힘이 들고, 허리나 어깨를 다치기 쉬우니 조심해야 한다. 할아버지가 함께 돌보면 할머니들을 보호해줄 뿐만 아니라 할머니에게서 고맙다는 마음도 받게 될 것이다. 할아버지는 기운 쓸 일을 담당하고, 할머니들은 먹이는 것을 담당하는 분업이 가장 이상적이다.

할배들이여, 할매를 진실로 사랑하면 아이들 돌보는 일에 선도적 역할을 합시다. 그러면 할머니의 사랑뿐만 아니라 아들, 딸, 며느리, 사위의 사랑도 줄줄이 따라와서 정말로 가장다운 가장이 될 것입니다!

아기가 차차 자라면 달리기 시작한다. 아이는 말로 통제가 될 때까지는 밀착 보호해야 한다. 옛날 시골에서야 뛰든 달리든 내버려두어도 괜찮았지만 지금의 대도시에서는 위험 천지다. 한눈팔고 달리는 아이에겐 사람도 위험물일 수 있고 자전거, 차량은 말할 것도 없다. 손잡고 가야 안심할 수 있는데, 대여섯 살 되면 달리기 시합 하자면서 냅다 달린다. 천방지축 달리는 걸 보노라면 가슴이 조마조마하다. 달려가서 잡아야 하는데 뛰어보면 마음뿐이지 따라잡기 어렵다.

그래서 다시 달리기 연습을 추가해서 매일 전력질주 100m 달리기를 해서 속도를 높여야 한다. 처음에는 숨이 차서 하늘이 노래지지만 한 달쯤 지나면 숨 차는 것도 견딜만하고 속도도 향상된다. 100m를 20초 이내를 뛰어야 5~6세 손주들을 따라 잡을 수 있다. 그래야 안전을 지켜줄 수 있다. 체력을 향상시키는 게 힘든 일이지만 손주 때문에 억지로라도 해보면 건강에 정말 좋다. 회춘 비결, 정답이 바로 이거다.

일흔 초반을 지나고 있는 나는 준서 때문에 오늘도 공원 가서 뛰고 또 뛴다.

아기의 울음소리에 짜증낸 어리석음이란

독일의 수필가 안톤 슈낙(Anton Schnack)은 자신의 수필집 《우리를 슬프게 하는 것들》에서 세상의 슬픈 것들을 모아 글을 썼는데, 그 첫 문장이 '울음 우는 아이들은 대체로 우리를 슬프게 한다'였다. 왜 아이들의 울음이 슬프게 느껴졌는지 나는 아직도 이해가 되지 않는다. 그 사람이 없으니 물어볼 수도 없고, 아마 안톤 슈낙은 살면서 그렇게 느꼈던 일이 많았던가 보다.

아기들의 울음은 아기들의 언어다. 우리가 알아들을 수 없는 언어일 뿐이다. 아기들만의 유일하고 독특한 언어, 이것만 잘 해독하면 아이 키우기는 한결 쉬울 텐데, 배고파서 울고,

오줌 싸고 똥 싸서 울고, 아파서 불편해서 울고, 졸려서 칭얼대고 울고 하는 경험을 하다보면 대충은 알아듣게 된다. 그러나 정확히는 모른다. 그래서 허둥댄다. 아기가 운다. 배고픈가? 젖을 먹여보고 기저귀를 들쳐보고 이마를 짚어보고, 안고 업고 얼러주고……

앞으로는 아기들의 울음을 꽤 정확히 번역해주는 기계도 등장할 것 같다. 소리 분석 기술도 발전하고 컴퓨터 번역하는 기술도 나날이 발전하니 누군가 만들어낼 것 같다. 그러면 아이 돌보기가 한결 쉬워지겠지. 아기들 울음소리가 '배고파', '오줌 쌌어', '똥 쌌어', '아파', '잠 와' 등으로 번역되어 나오겠지. (그런 기계 나왔으면 좋겠다고 생각했더니 올해 스마트폰 어플리케이션으로 나왔다네. 이름 하여 '크라잉 베베(Crying Bebe)' 라네. 아기 키우는 엄마들에게 한결 도움 되겠네.)

아이들의 울음은 슬프다기보다 짜증나게 하는 경우가 많다. 말을 할 줄 알아도 잘 운다. 떼를 쓰고 떼만 늘어가는 시기가 있다. 나도 처음에는 짜증이 많이 났다. 왜 우느냐고 물어도 알아들을 수 없는 울음 섞인 소리. 알아들어도 이해 안 되는 소리는 정말 짜증스럽다. 엉덩이를 때려도 더 울 뿐이다. 무지하게 많이 때려서 조건반사적으로 그치게 훈련시킬 수도 없고. 그랬다간 큰일 나지. 애가 아니라 개가 될 터이니.

옛날에는 요즈음보다 아이들이 더 극악스럽게 울어댔다. 지금 생각해보니 그 당시는 너무 못 먹어서 영양이 부족해서 그랬던 것 같다. 제2차 세계대전 때 런던의 엄마들이 히스테리가 늘어나고 아이들을 많이 때려서 학자들이 연구해보니 전쟁 통에 고기를 너무 못 먹어서 그렇게 되었다고 한다.

나 어릴 때는 6.25전쟁 끝나고 참 먹을 게 귀하던 시절이었다. 고기는커녕 곡식도 배불리 먹을 수 없었다. 그러니 엄마가 젖을 만들 재료가 부족하고 젖이 나와도 멀건 물젖만 나오니, 그걸 먹는 아이들은 배는 차도 허기는 져서 칭얼대고 조금만 자극 받으면 극악스럽게 울어대곤 했다.

지금은 그때에 비하면 아이들이 훨씬 덜 우는 편이지만, 그래도 아기들이 울어대면 짜증나기는 마찬가지다. 첫 손주 민서는 심하게 울지 않았는데 둘째 수린이는 엄청나게 울었다. 짜증나게 많이도 울어댔다. 둘 다 백일 전에 데리고 와서 키웠다. 며느리들 출산휴가가 90일 밖에 안 되어 출산 전에 쉬고 나니 아기들이 백일이 안 되어서 다시 출근했다. 민서는 일주일도 안 울었는데, 수린이는 두 주일 넘도록 계속 울어 삼 주째는 이

번 주까지만 참아보고 계속 울면 수린이는 못 키워주겠다고 했더니, 말귀를 알아들었는지 차차 덜 울어 계속 키울 수 있었다.

EBS 육아방송 시간을 자주 찾아보았다. 하루는 어떤 육아학자가 아이들의 '분리불안 증세'에 대해 얘기해주었다. 아무것도 모르는 갓난쟁인 줄 알았더니 환경을 인지한단다. 그러니까 90일 이상 엄마하고만 지내다가 어느 날 엄마와는 영 다르게 생긴 할아버지가 보이고 여태까지 있던 방과는 다른 방에 뉘어놓고 하니, 무섭고 불안했던 모양이고 그것을 울음으로 표현했던 것이다. 아마 말을 했다면 이렇게 했겠지.

"엄마, 무서워. 이 사람 누구야? 다시 우리 집으로 가자."

육아방송을 보고 이해를 하고 나니 '내가 참 미련했구나'하는 생각이 들었다. 아기들도 살아가기 위해서는 환경에 적응해야 되는 걸 본능적으로 알아간단다. 어느 학자가 아이들이 엄마를 따르는 이유는 먹을 것, 즉 젖을 주기 때문이라고 했다. 자기의 생존이 엄마에게 달렸으니 때로는 방실 웃으면서 모성을 자극하고 어떤 때는 울면서 호소하고……. 이러한 사실을 알고 나니 준서, 시우부터는 울어도 답답하지 않고 짜증도 나지 않았다. 하나의 과정이라고 생각했기 때문에. 이렇게 우리 아이들은 분리불안을 일찍 극복했기 때문에 나중에 어린이집 갈 때 바로 그날 적응하고 울지도 않고 선생님 잘 따르고 했다. 어린이집 입학식에 가보면 분리불안을 처음 겪는 애들은, 엄마에게서 안 떨어지려고 울고 난리를 치고 선생님이 안고 쩔쩔매는 광경을 며칠간 볼 수 있다.

육아방송에서 또 하나 도움 되는 말을 들었다. 말문이 트여 말을 할 줄 안다고 아이들 말을 논리적으로 듣거나 설득하려 해서는 안 된단다. 제법 대화가 통해서 울음을 그치게 할 수 있는 나이는 최하 48개월 내지 60개월 정도는 자라야 한단다. 우리 아이들도 빠른 애는 48개월 정도 때, 늦은 아이는 60개월 정도 돼서야 어느 정도 말이 통하고 말로써 통제할 수 있었다. 그때까지는 그냥 무조건 떼쓰고 울어대는 시기이려니 하고 참고 그날이 오기를 기다리는 수밖에는 없다.

이 시기는 어른들이 인내심을 기를 수 있는 자기 수양의 시간이라고 생각하고 아이들의 울음소리를 천상의 음악소리로 여기고 지내는 게 좋다. 60개월이 올 때까지는 무조건 사랑하고 무조건 참고 살아야 한다.

내 손주들?
아니 내 얼라들!

'얼라'는 아이를 지칭하는 경상도 사투리다. 갓난아기부터 어린이라고 불리는 나이를 통틀어 '얼라'라고 부른다. 얼라는 사실 생판 낯선 용어는 아니다.

제주의 삼성(三姓)인 고씨, 양시, 부씨의 조상은 전부 고을나(高乙那), 양을나(良乙那), 부을나(夫乙那)이다. 다 을나(乙那)들이다. 그들도 처음에 을나(아기)들로 태어났을 테니, 내 생각에는 '을나(乙那)'라는 한자가 바다를 건너 경상도 땅으로 흘러오면서 '얼라'로 바뀌게 된 것이 아닌가 싶다.

아니면 이런 추측도 가능하다. 처음에 우리 조상들은 이렇게 썼을 것 같다. '얼나', 즉 얼(정신의 세계, 영령)에서 나왔다거나 또는 '알나', 즉 알에서 나왔다 같은 표현 말이다. 옛날 우리 조상의 신화나 전설, 고사를 보면 '알'에서 나온 사람이 많지 않나.

하긴 요새 과학으로 봐도 딱 맞는 말이지. 난자가 알이 아니고 무엇이랴. 시조들은 그 알이 눈에 띄게 커서 거기서 바로 사람이 나왔는지도 모르겠지만 어쨌든 사람은 알에서 나온 게 맞다.

하여튼 경상도에서는 아이를 '얼라', '을라', '알라' 등으로 부른다. 그래서 나는 '아이'라는 표준어보다 '얼라'라고 부르는 게 친근하고 편하다. 아기나 애기는 며느리도 그렇게 부르므로 혼동되기 쉬워 나는 대체로 우리 손주들을 '얼라'로 부르는 편이다.

그리고 하나 더, '손주'라는 용어는 얼마 전에 국어연구원에서 표준어로 등용했다. 손자와 손녀를 아울러 부르는 말로 나는 지금 사회에서 통용되는 대로 쓰는 게 좋다고 본다. 손자, 손녀는 성별이 구분되어 노출되기 때문에 현대의 성(性)평등 사회에서는 맞지 않는다고 본다. 손주는 손자, 손녀에게 공통으로 통용되는 용어로 딱 알맞다. 마치 영어에서 미스와 미세스를 구분 말도록 미즈라고 하듯이.

자나 깨나 안전사고 예방하자 1

아이들 돌보면서 매 순간 주의, 집중해야 할 것이 바로 '안전'이다. 365일 중 364일을 잘 돌보다가도 하루 잘못해서 다치기라도 한다면, 그동안의 공(功)은 공(空)으로 돌아가고 원망만 잔뜩 짊어지게 된다.

아기가 누워서만 지내는 기간은 겨우 120여 일. 대개 130일이 지나면 뒤집기 시작하고 조금 지나면 기기 시작한다. 이때는 아기 주변에 떨어질 물건이 없는지, 기어가는 주변에도 해를 끼칠 물건이 없는지 살펴보고 치워주면 되므로 크게 신경 쓸 일 없다. 앉기 시작하면 금방 무얼 잡고 일어서기 시작한다.

시키지도 않는데 열심히 스스로 하는 걸 보고 있노라면 생명이 란 참으로 신비하고 경이롭다. 이때쯤이면 부모나 어른들은 얼른 아기가 서는 걸 보고 싶어 손잡아주며 세워놓고 손을 살그머니 놓아버리고는 잘 한다고 박수치면서 좋아하는데, 아기는 위태롭게 서 있다가 중심을 잃고 넘어진다. 그대로 털썩 주저앉으면 괜찮지만 뒤로 '꽈당' 자빠지면 큰일 날 수도 있다.

나도 옛날 내 아이들을 키울 때, 이런 실수를 큰아이에게 하고 말았다. 첫 아들인데다 서기 시작하니 빨리 서고 빨리 걷고 하는 걸 보고 싶어 저지른 과오였다. 그래 봤자 차이나지도 않고 설 때 되면 어련히 서고, 걸을 때 되면 알아서 걸을 텐데, 왜 그리 경망스런 행동을 했는지……. 어쩌면 내 자식이 남들보다 빨리빨리 한 걸음 더 성장하길 바라는 아비, 어미의 알팍한 마음일까.

다행히 큰애는 아무 탈 없이 잘 크고 남들보다 빨리 걸었다. 10개월 만에 걸으니 부모로서 기분이 좋았다. 아내는 친정 가서 제대로 걷지도 못하는 놈 마당에 내놓고 걸음마를 시키면서 마음속으로는 친정 부모님과 오빠 내외분께 내가 이렇게 튼튼한 놈 낳았다고 자랑하고 싶었겠지. 그러나 웃음도 잠깐, 뒤뚱거리며 걸음마하던 아기가 모로 넘어지며 화단 돌멩이에 눈 위를 찔려 상처가 나고 말았다. 꿰맬 정도는 아니어서 약만 바르고 그냥 두었는데, 40년도 더 지난 지금도 자세히 보면 그때의 상처 흔적이 보인다. 우리 부부는 그 놈 키우면서 공부 못하면 – 남들만큼 보통은 하는데도 – 그때 넘어져서 그런 게 아닐까 하고 서로 책임 추궁하기도 했다.

아이들은 나날이 자라기 때문에 조금 일찍 서고 걷는다고 달리기 선수가 되는 것도 아닌데, 조급하고 시건방지고 무식한 탓에 아이에게 상처를 입히고 만다.

아이가 걷기 시작해서 온집안을 돌아다니면 정말 주의할 게 많아진다. 아이의 팔 힘은 어른의 생각보다 무척 세다. 당겨서 넘어질 물건은 미리 치우고 붙들어 매야 한다. 손주들을 보면서 나도 처음에는 아이 손 안 닿는 높이에 TV를 두었다가, 아이들이 고개 들고 TV 보는 게 안쓰럽고 눈에도 나쁠 것 같아 바닥에 나지막한 바둑판을 괴고 그 위에 TV를 올려놓았더니 높이가 딱 알맞았다.

한동안 그런대로 보았는데 어느 날 사고가 나고 말았다. 아이의 팔 힘이 점점 세지고 호기심도 늘어나고 힘자랑하려는지 근육을 단련하고자 하는 본능이 발달하는 걸 간과하고 있었다. TV 앞 쪽에서 돌 지난 지 얼마 안 되는 시우가 놀고 있었고, 난 신문을 읽고 있었는데 갑자기 '쾅' 하는 소리가 나서 쳐다보니 시우 바로 옆 10cm도 안 되는 거리에 TV가 엎어져 있고, 11개월 먼저 태어난 준서는 묘한 미소를 짓고 서 있었다. 그때 우리집 TV는 진공관식이고 25인치짜리라 무게가 20kg이 넘었을 것이다. 다행히 평면 TV인데다 높은 곳에서 떨어진 것이 아니라서 진공관이 깨지지 않았기 때문에 아무런 피해는 없었지만 만약에 시우가 TV 바로 밑에서 놀았다면 엄청나게 끔찍한 일이 벌어졌을 것이다. 생각만 해도 가슴이 떨리고 머릿속이 하얘진다.

문제는 이 미련한 할배가 TV가 잘 나온다고 다시 본래 자리에 아무런 조치 없이 그냥 두고 보았다는 것이다. 물론 약간의 조치를 하기는 했다. TV 뒤쪽으로는 아이가 접근할 수 없게 장난감 바구니로 가려두었다. 그러고 나서 한 달 여 지난 날, 내가 TV 앞에서 무얼 하고 있는데 갑자기 TV가 내 정강이 쪽으로 쓰러졌다. 준서가 또 TV 뒤로 가서 밀어버린 것이다. 처음에 어떻게나 아픈지 정강이뼈가 부러진 줄 알았다. 다행히 부러지지는 않았는지 두 주일 지나니 나아지기 시작했다. 이번에는 확실한 조치를 취하지 않으면 큰일 나겠다 싶어 창틀에 못을 박고 TV케이스에 구멍을 내어 철사로 동여맸다. 어른이 당겨도 괜찮을 정도로 튼튼하게 묶었다. 안방 TV도 주방 TV도 다 붙들어 맸다. 그리고 그야말로 눈에 불을 켜고 사고 날만한 게 없나 찾아보고 미리미리 치웠다. 그런데도 안전사고는 어디든 도사리고 있다가 나타난다.

어느 날 준서가 안방에서 장난하다가 넘어졌는데 하필이면 TV 받침대 모서리에 인중을 다쳤다. 피는 많이 났지만 상처가 깊지는 않아 꿰맬 상처는 아니기에 약 발라 낫게 했지만, 눈여겨보면 아직도 흉터가 보여 마음 아프다.

자나 깨나 안전사고 예방하자 2

아이들의 안전사고는 엉뚱하게도 잠 잘 때도 찾아온다. 뉴스에 가끔 이불에 코 박고 질식사하는 경우도 등장하지만, 굴러서 찬 바닥에 얼굴을 대고 자다가 와사풍(蝸斜風) – 안면근육 마비 증상 – 에 걸리기도 한다.

내 둘째 아들이 어릴 때, 어느 날 자고 나서 우는데 한 쪽 눈을 뜨고 우는 게 아닌가. 그 모습이 우습기도 하지만 너무 놀라서 어쩔 줄 몰라 했던 기억이 40년 지난 지금도 생생하다. 그 당시는 침이 최고라고 생각하던 시절이었다. 당장 한의원으로 데려가서 침을 맞혔다. 며칠 맞아도 차도가 없어 걱정이 태산이었는데 누군가 용하다는 침술사를 소개해줬다. 그 사람이 시술하고 나니 하루가 다르게 좋아지는 모습이 보이고, 일주일 정도 맞고 나니 거의 다 나았다. 그 침술사는 기술은 좋았지만 한의학은 공부하지 않았는지 무면허로 시술하고 있었다. 유명하다는 한의원에서는 못 고쳤는데, 용한 그 침술사는 병을 고쳤으니 침술 면에서는 훨씬 뛰어난 게 아닌가. 꿩 잘 잡는 매가 최고인 법이니.

그런데 우리 준서도 어느 날 낮잠을 자고 일어났는데 와사풍에 걸려 버렸네. 이불을 깔고 재웠는데 안 보는 사이 바닥으로 굴러서 얼굴을 바닥에 대고 잤나 보다. 둘째 아들 때보다 더 놀라 허둥지둥하다가 동네 한의사한테 갔더니 바이러스성일지도 모르니 큰 병원에 가보란다. 신촌에 있는 큰 병원에 갔더니 피검사를 비롯해 온갖 검사 다 하고, 머리 CT 촬영 – 엑스레이(X-RAY) 많이 찍으면 안 좋다는데. 그것도 여리디 여린 아기 머리에 여러 번 찍는다니 께름칙했지만 의사가 괜찮다고 하면서 찍으니 따를 수밖에 없다마는 – 까지 하고 난 결론은, 별 이상은 없는 것 같으니 약 5일치 처방해줄 테니 먹여보고 차도가 없으면 다시 오란다.

검사하고 약 받아오기까지 병원에서 거의 하루를 다 보냈네.

괜찮은 것 같다니 안도의 한숨 나오지만 허탈했다. 꼭 이렇게 온갖 검사하고 진료해야만 하는 현대의 치료법이 40년 전 침술로 고친 것과 뭐가 다른지. 아이의 입장에선 침 맞는 것이 더 힘들까, 하루 종일 검사와 진료에 시달리고 쓴 약 먹는 게 더 힘들까. 내가 직접 안 해봤으니 모르겠다마는 어쨌든 묘한 허탈감이 들었다. 다행히 약 5일치 다 먹고 나니 깨끗이 나았다. 병원에 와서 다시 점검하랬지만 가지 않았다. 약으로도 와사풍을 고칠 수 있다는 사실을 알게 됐지만 준서 고생 시킨 것 생각하니 씁쓸한 생각도 든다. 우선 먼저 약을 먹여본 후에, 그래도 안 될 때 CT 촬영을 하든지 해야 되는 것 아닌가. 아이 잘 못 돌본 이 할애비 책임이 제일 크지만 고생 덜 시킬 수도 있는 걸 고생시켰다는 울화가 치밀어도 참을 수밖에.

이외에도 장난감에 손발 다치기, 온갖 것 삼키기 등 주의할 게 너무 많다. 뜨거운 물, 불판, 물조심, 불조심, 모든 것 다 조심해야 된다. 뉴스에도 자주 나오지 않나, 수은전지 삼키면 큰일 난다고! 아이 주위에 그런 물건들이 없게 하고 항상 곁에 붙어서 눈을 부라리고 있어야 한다. 그런데 항상 그럴 수 없어 잠깐 방심하고 한눈판 사이에 사고가 날 수도 있다.

한번은 민서가 "할아버지, 준서가 이것 깼어요" 하고 소리 질러 가보니, 세상에나! 내 책상 서랍을 마음대로 뒤져 구식 체온계를 꺼내 깨뜨려놓은 게 아닌가. 처음에는 입으로 깨어서 수은을 먹은 줄 알고 기겁을 했다. 입에는 안 넣었다니 가슴을 쓸어내리고 바닥을 보니 수은이 부셔져서 담배씨 크기로 흩어져 있네. 쓸어 담아보니 처음 들었던 양이 다 있는 것 같아 안심하고 진공청소기까지 동원해서 처리한 후에야, 한숨을 돌리고 야단치고 주의주고 법석을 떨고 나니, 아이 키우는 중에 제일 어려운 일이 안전 확보라는 게 실감났다.

가만히 생각해보면 안전사고는 태어나서부터 죽을 때까지 언제나 곁에 도사리고 있다. 주의하고 조심하고 미리 예측도 해보고 살펴보고 항상 염두에 두고, 안전을 먼저 확보한 후에 행동해야 사고가 나지 않는 법이다. 어느 한순간 깜빡 놓치는 순간에 사고는 찾아오는 법이다.

어느 날 뉴스에서 온국민이 다 아는 원로가 골프장에서 캐디 가슴을 손가락으로 콕 찔렀네 아니네 하면서 며칠간 시끄러운 적이 있었지. 이것도 안전사고의 일종이라고 볼 수 있다. 마흔 넘은 아들 두 놈 불러 놓고 훈계 한마디 했다. 세월호 사고도 분당 통풍구 사고도 안전사고지만, 이 원로가 한 짓도 안전사고다. 평생 안전사고 조심해라, 사고 나면 다칠 수도 있고 죽을 수도 있고, 또 산 채로 매장될 수도 있으니!

어느 시인이 '인간도처 유청산(人生到處 有青山)'이라고 했던가. 흉내 내서 한마디 해보자.

인생도처 유(안전)사고 (人生到處 有事故).

아기와 엄마 모두에게 좋은 모유 수유

지금이야 모유 수유가 아기와 엄마에게 서로 좋다는 것은 온 세상 사람들이 다 아는 상식이다마는, 한때는 우유가 더 좋다느니 양유, 산양유가 더 좋다느니 떠들어댈 때도 있었다. 우스갯소리 같지만 우유 먹고 자란 애는 소처럼 들이받는 걸 좋아한다고 주장하는 사람도 있었다. 소젖은 원래 송아지가 먹는 것이지 아기가 먹는 게 아니지. 엄마 젖이 없을 때 할 수 없이 먹이는 것이지, 아기가 엄마 젖을 먹어야지.

아기가 엄마 젖을 먹으면 좋은 점은, 첫째 최고의 영양식이고, 둘째 엄마의 따뜻한 품이 좋아 자연스레 따뜻한 성품이 되고, 셋째 엄마의 심장 박동소리는 뱃속에서부터 들었던 소리이기 때문에 엄마가 아기를 품고 젖을 먹이면 아기가 안정감도 얻을 수 있다. 쉽게 생각해보아도 그럴 것 같다. 아기가 젖을 빨면 엄마는 모성호르몬이 많이 나와 산후 회복도 빨라지고 몸매도 좋아진다고 연구한 학자도 많다. 이것도 생각해보면 그럴 것 같다. 자연스레 하는 일은 모든 것이 자연적으로 조화롭게 이루어지기 때문이다. 아득한 옛적부터 그렇게 이루어져 왔으니까.

또 다른 공감 가는 우스갯소리도 있다. 엄마 젖이 우유병에 넣고 먹는 분유보다 더 좋은 이유는 모양이 예쁘고, 부드러워 감촉이 좋고, 먹고 싶을 때 언제나 먹을 수 있고, 항상 일정한 온도를 유지하고, 먹다가 그만 두어도 상할 염려 없으니 좋은 점이 한두 가지가 아니지.

아이에게도 엄마에게도 이렇게 좋은 모유 수유를, 처음에 젖이 안 나오거나 젖량이 적어 먹이기 힘들다거나 밖에서 먹이기 부끄럽고 밤에 먹이기 불편하다는 이유로 꺼리고 안 하는 엄마들이 많다니 답답한 노릇이다. 심지어 모유 수유가 유방암도 예방한다는데…….

나는 남자니까 현세에서는 그런 감정 느껴볼 수 없지만 가끔 상상을 해본다. 아기를 품에 안고 젖 먹이는 기분은 과연 어떨까? 엄마만이 누릴 수 있는 특권이겠지. 이런 과정을 겪으며 엄마들은 모성애가 강해지고, '여자는 약해도 엄마는 강하다'는 말이 생겨났겠지. 또 '신이 모든 곳에 다 갈 수 없어 엄마를 만들었다'는 말도 생기고, 그래서 세상에서 제일 많이 불리는 말이 '엄마'가 되었겠지.

젖 물리고 잠 못 자는 시기도 인생에서 한번은 거쳐 가는 짧은 시간이다. 무슨 힘든 일이든 그 당시는 어렵고 길게 느껴지지만 모든 것은 다 지나간다.

노부모님 위해,
애는 꼭 부모가 데리고 자자

나는 10년 동안 손주 넷 모두를 백일 정도 아기 때부터 지금까지 돌봐주면서 지키고 있는 원칙 하나가 있다. 그것은 바로, 밤에 아기를 데리고 자지 않는 것이다.

엄마들이 낮에 가사일이나 직장 일에 힘들고 밤에 아기까지 끼고 자려면 얼마나 어렵겠냐만, 나는 그것도 다 한때이니 즐거운 마음으로 하라고 말하고 싶다. 행여 힘들다고 친정어머니나 시어머니에게 밤에도 봐달라고 맡기지 말라.

나이 많은 어른은 아기들이 조금만 뒤척여도 잠에서 깨어 밤새 깊은 잠을 이룰 수가 없다. 하루 이틀도 아니고 계속 그러면 병이 나고 말 것이다. 큰 불효를 저지르게 될 것이다. 젊은 엄마는 아기가 웬만큼 칭얼대도 모르고 그냥 자는 경우가 많고, 설사 깬다 해도 젖 물리거나 분유 데워 먹이고 다시 잠들면 된다.

그러나 할머니들은 일어나 분유 데워서 - 요새는 전자레인지에 넣으면 금방 데워지지만, 그 옛날에는 화롯불에 데운다고 시간도 많이 걸렸다. 하긴 요새도 전자레인지는 해로우니 꼭 중탕으로 데워야 한다고 과잉 걱정하는 엄마도 있더라만 - 먹이고, 아기가 다시 자는 것 지켜보고 누우면 잠은 도망가고 그냥 밤을 꼬박 새기 일쑤다. 내가 경험해봤기 때문에 잘 안다.

우리는 아들 며느리들이 아침에 아기 맡기고 저녁에 퇴근해서 데리고들 가기 때문에 평소에는 애들 퇴근시간까지만 돌봐주면 되는데, 며느리들이 멀리 출장을 가면 할 수 없이 밤에 돌봐야 한다. 그럴 때 거의 잠을 설친다. 하루 정도는 견딜 만해도 이틀, 사흘이 되면 힘들다. 잠을 못 자기 때문이다. 돌보는 것 자체는 별 힘들 것도 없지만 잠을 못 자기 때문에 힘든 것이다.

아내랑 번갈아 하기도 하지만 아내는 이틀 연속 잠 못 자면 편두통이 와서 항상 크게 고생을 한다. 그래서 아예 나 혼자서 감당하고 만다. 며느리들 출장이 길면 나는 초주검이 된다. 며느리들에게 아기가 중간에 자주 깬다고 얘기하면, “아버님, 우리집에서는 잘 자는데요. 한번쯤 깰 때도 있지만, 잘 안 깨요” 한다. 아마 너무 피곤하니 조금 칭얼대는 것은 모르고 자는 게 아니겠나. 그러니까 견디는 거다. 그러나 늙은 할매, 할배는 조금만 부스럭대도 깨고, 한번 깨고 나면 다시 잠들기가 영 쉽지 않다. 그러니 엄마들이여, 아기는 꼭 데리고 주무세요. 당신들의 부모님을 위하여.

아내는 친구들 중 두어 명이 좋은 직장 다니는 딸을 위해 밤낮으로, 주야 24시간을 아기 돌보느라 거의 병자가 되어간다고 열을 내곤 한다. 더구나 그 집 할아버지들은 하나도 협조를 안 해주어 친구만 죽을 판이란다. 자기 딸이 좋은 직장에서 열심히 일한다는데 그만두라고 할 수도 없고, 그럼 어쩌냐고 자기도 어쩔 수 없다고 한단다. 잠 못 자는 괴로움을 아는 나로서는 그 할머니가 얼마나 고생하고 있는지 짐작이 가니 참으로 안됐다는 생각만 들었다.

제발 엄마들이여, 자기 자식 소중한 만큼 부모님 건강을 위해서라도 밤에는 애를 꼭 데리고 자도록 합시다. 그게 더 멀리 보면 엄마, 아빠는 물론 아기에게도 좋은 겁니다.

할배 할매들이여,
손주들 많이 뛰놀게 합시다

'내 가슴은 뛰노라!'

하늘의 무지개를 바라보며 뛰는 가슴과는 전혀 격이 다르고 격렬한 가슴 뛰이다. 이런 느낌은 손주들 뛰노는 걸 보고 있어야 느낄 수 있다.

어릴 때는 자기들끼리 소꿉놀이도 하고, 장난도 치고, 때로는 다투고 싸우고, 울리고 울고, 웃고 떠들고, 그야말로 실감나는 파노라마다. 이런 것들을 보는 것만으로도 즐거운 일인데 조금 큰 지금은 노래도 불러주고, 어깨도 주물러주고, 의도적으로 애교도 떨고, 나날이 커가니 나날이 하는 짓도 새롭다. 매일매일 집중하면서 관찰하면 날마다 귀여움이 커가고, 대견함도 커가고, 바라보는 내 마음은 나날이 즐겁다. 나도 옛날 사람인만큼 다분히 주관적인 생각이지만, 사내아이는 대견한 마음이 더 든다. 잘 놀고 있는 순간 그런 감정이 일어나면 괜히 내가 먼저 시비를 걸기도 한다.

"박준서, 이놈의 새끼!" 하면서 머리를 감싸거나 귓볼을 잡아 비틀거나 하면 장난인 줄, 제 좋아하는 줄 알고 때리고 머리로 받기도 하면서 대든다. 이런 장난에서 오는 흐뭇함이란 해본 사람만 알것제. 손자와 장난하면서 문득 나도 그 옛날 그 언제였던가는 내 할아버지에게 그런 기쁨을 주었을지도 모른다는 생각이 든다마는, 아련한 기억을 더듬어봐도 내 할아버지는 무서웠다는 생각밖에 없다.

그 당시 어른들의 교육 방침은, 애가 버릇없이 굴면 안 되고 점잖게 행동하도록 키우던 시절이다. 손자 귀엽다고 하면 "할아버지 수염 잡고 그네 탄다"고 하면서, 속으로는 좋아하셨는지 몰라도 겉으로는 엄격하기만 했다. 조그마한 실수나 까부는 행동을 해도 야단 일색이었으니까.

점잖다는 말이 무엇인가. 젊지 않다의 준말이지 않는가! 젊지 않게 행동하라는 것은, 노숙하게 늙은이처럼 행동하라는 것이다. 쉽게 말해 애 늙은이가 되라는 것이었다. 내 나이 또래 혹은 나보다 연세가 많을수록, 그 시대에 어린 시절을 보냈던 사람들은 요새 아이들과는 판이하게 다른 삶을 살았다. 그러다 보니 다들 소극적이고 점잔 뺀다고, 나서기 잘하는 아이들은 10% 정도도 안 되었다. 요새 아이들은 활발하고 활동적이라서 가히 '신인류'라 할 만하다. 시대와 세태에 따라 달라져야 그게 정상이겠지.

그 옛날 내 생각하면서 지금의 손주를 보면 만감이 교차하곤 한다. 그래도 그 옛날 우리들은 어른들 앞에서는 점잔을 빼주었지만 우리끼리 놀 때는 마음껏 뛰놀았다. 짚으로 만든 축구공 차기, 자치기, 제기차기, 연날리기, 얼음 지치기, 물장구치기, 술래잡기, 숨바꼭질하기 등등.

뱀이나 참새도 잡았다. 먹으려고 잡기도 하고 그냥 죽이기도 했다. 살생이 죄라는 개념도 없었다. 소 풀 먹이러 산에 가서도 공깃돌 놀이, 닭싸움, 술래잡기에 정신이 팔려 소가 남의 밭에 들어가 곡식을 작살내는 줄도 모르고 놀다가, 밭 주인의 고함소리에 소 잡으러 냅다 뛰어가곤 했다. 이때만 해도 과외도 방과후수업도 없었다. 학교에서도 쉬는 시간에 운동장에서 노는 재미로 학교 다녔다. 공부는 별로 신경 쓰지도 않았다. 그야말로 원 없이 놀았던 시절이었다. 발바닥에 땀이 나도록 뛰놀았던 탄력으로 나중에 성인이 되어 박정희 대통령의 '경제개발 5개년 계획'의 마법에 홀려 잘 살아 보자고 밤낮으로 휴일도 없이 온몸에 땀이 흥건하도록 뛸 수 있었던 것 같다. 그 결과 인류 역사상 유래가 없는 전무후무한 한강의 기적, 대한민국의 신화를 창조한 것이다. 이것이 어릴 때 열심히 뛰놀면서 축적된 발바닥 에너지의 분출이라고 생각한다.

요새는 애들을 뛰놀게 하지를 않는다. 내가 우리 애들을 뛰놀게 하려 해도 놀이터에는 또래 친구가 없다. 놀이터에는 영아나 유아만 놀고 유치원 고학년(6-7세)이 되면 놀이터에서 노는 아이들이 별로 없다. 학원에 가기 싫어도 친구와 놀거나 사귀기 위해서는 그곳에 가야 한다. 너도 나도 그러니 애들이 학원에 가서 공부만 하고 뛰놀 시간이 없다.

아이 때는 양기(陽氣)가 발바닥에 있어서 그저 뛰놀고 싶어 하는데, 공부 시킨다고 소 붙들어 매두듯이 좁은 공간에만 두니 어떻게 되겠는가. 양기는 순환이 되어야 하는데 뛰놀아서 온몸으로 퍼져서 활력을 불어넣어야 하는데 뛰지 않으니 양기가 발바닥에 갇혀 있게 된다. 그렇게 크다보니 키는 크고 체중은 늘어도 활력이 없으니, 팔팔해야 할 젊은 군인들조차 조금 센 훈련에도 나약한 모습을 보이는 사람이 많다고 한다.

어릴 때부터 맨발로 뛰어다닌 아프리카의 여러 부족들을 보라. 출산율이 얼마나 높은가. 잘 먹지도 못하면서도 남자 여자들의 생식 능력은 문명사회 남녀들을 기죽게 하지 않는가. 어린 시절 발바닥 뜨겁게 뛰놀았던 왕과 양반들은 자손이 흥했고, 어린 시절 글공부만 한 문약한 왕과 양반들은 자손이 귀했거나 없어 양자 들이느라 법석 떨지 않았던가.

활력 없는 후손을 만든 책임이 우리에게 있다. 자식 놈은 우리같이 고생 안 하고 편하게 벌어서 먹고 살아가라고 공부만 시키고, 밖에서 놀게 하는 것은 뒤처지게 만드는 거라고 착각하며 산 탓이다.

지금부터라도 어릴 때는 많이 뛰어 놀게 하고, 커서도 운동을 많이 하도록 체육시간을 더 늘려야 한다. 손발을 같이 움직이면서 생각하는 게 뇌가 더 효율적으로 작동한다고 하는 연구 결과를 발표한 학자도 있다.

명심하자! 어릴 때 발바닥 양기를 둔화시켜 놓으면 양기가 상승하지 못해 자식 생산도 잘 못하고 늙으면 치매 걸리기 쉽다.

할배들이여! 딸, 며느리가 싫어해도 손주 많이 뛰놀게 해주는 게 손주 장래를 위하는 길임을 자식들에게 주지시킵시다.

하늘이 보내준 우리집 천재들

내가 키우는 손주 네 명은 모두 천재들이다.

우리는 아이들의 행동과 사고를 관찰하며 천성은 타고 났다고, '타고난 천성'이라고들 한다. 고금동서(古今東西)를 살았던, 살고 있는 그 많은 인간들이 하나도 같지 않고, 다 다르다는 사실이 너무 신기하지 않은가. 심지어 일란성 쌍둥이도 똑같지 않으니 이것은 무엇을 의미하는가. 하늘에서든 전생에서든 분명히 가지고 왔다는 게 아닌가. 그러니 우리는 모두 천재들인 것이다. 누구든 어떤 재주든 가지고 온 게 틀림없다. 시기마다 발현되는 재능도 다르고 시간마다 노력마다 발달하는 재주도 다 다르다.

우리 민서는 소리에 민감하고 순발력이 좋고 붙임성도 좋은데, 빨리 판단하기 때문에 가끔 오판을 하고 조금 깊게 생각하는 것은 싫어하고 스트레스 쌓인다고 투덜댄다.

우리 수린이는 모범생이 되고 싶어 하고, 마음이 여려 닭똥 같은 눈물이 잘 떨어져 걱정인데, 자연 관찰에 호기심이 많다.

우리 준서는 누나와 달리 조금 깊게 생각하고 무얼 만드는 걸 좋아하고 관찰력, 호기심도 많다. 친구를 잘 사귀는 방법도 알고 현미밥도 콩도 군소리 안 하고 잘 먹는다. 심심하면 밥 달라고 해서 할머니를 귀찮게 한다.

우리 시우는 여섯 살인데 막내다. 지가 막낸 줄 알고 떼를 잘 쓴다. 야단치면 "내가 막내잖아" 하면서 떼를 받아줘야 마땅한 것처럼 당당하다. 그림을 제법 잘 그리고 친구와도 잘 어울린다. 숫자에는 너무 관심이 없어 제 생일을 가르쳐줘도 돌아서면 잊고 만다. 집에서는 떼를 잘 써도 유치원가면 모범생이라고 선생님이 말씀하시니, 우리 어른들이 당하고 있다고 생각이 든다.

한번은 마이쮸를 사달래서 한 통 사줬더니 놀이터 가서 같은 반 친구들 만나 하나씩 주면서 하늘 말이, "집에 가서 손 씻고 먹어. 할머니 말 잘 들으면 내일 또 줄게" 해서 한참을 웃었다. 시우 다섯 살 때의 일이었다.

이상이 현재까지 발현 되고 있는 우리집 손주들의 천재성을 내가 관찰한 바이다. 앞으로 세월 가면서 어떤 천재성이 발현되고 발전되어 갈지 나는 모른다. 본인도 모른다. 왜냐하면 천재성이니까. 천재성이 현실 세계의 학문과 지식에 얼마나 많이 적합하게 적용되느냐에 따라 준재, 수재, 백리지재, 천리지재, 만리지재가 되기도 한다. 인도의 한 청년이 미국 가서 구글(Google) 대표가 되었다니 이 사람은 만리지재인 것이다. 각자가 가지고 태어난 천재성이 현실 세계와 맞지 않는다고 초조하거나 불평할 것도 없고 해봐야 소용도 없다. 세월이 지나면서 자기의 천재성에 딱 맞는 일이 생길지도 모르고, 설사 한평생 자기의 천재성을 못 써먹더라도 이승에서 획득한 지식을 더 보태서 다음 생으로 가지고 가면 되는 것이다. 다음 생에서는 유용하게 잘 발휘될 수 있을지도 모르는 일이니까.

할배, 할매들! 지금 돌보고 있는 손주들 모두 천재들인 걸 알고 잘 키웁시다. 천재성이 꽃 틔울 시기는 언제 올지 모르니까 그냥 정성 들여 잘 키우면 됩니다.

개나리는 봄에 피고, 연꽃은 여름에 피고, 국화는 가을에 피고, 수선화는 겨울에 피니까.

손주들 신언서판(身言書判)을 길러줍시다

속담에 "남이 장에 가면 거름 지고라도 따라 간다"는 말이 있다. 무리에서 떨어지기 싫고 빠지지 않기 위해 우리들은 무던히도 애썼고 노력해왔다.

그것이 발전의 원동력이 되지만 결과는 좋을 수도 그렇지 않을 수도 있다. 결과가 만족하게 느껴지지 않을 때 참담한 심정을 다스리기는 쉽지 않다. 남이 유학 보내면 빚을 내서라도 보내려고 하고, 남이 외제차 사면 형편이 안 되면서도 나도 외제차 산다. 참으로 어리석은 행동이 아닐 수 없다.

어리석은 행동은 왜 하게 될까. 그것은 무지하기 때문이다. 사실을 제대로 알아야 하고 논리적으로 따져보는 생각을 해야 한다. 자기 길을 확실히 발견하고 정하고 열심히 가는 사람은 부화뇌동(附和雷同)하지 않는다. 군중심리에 휘말리면 개인의 이성은 마비가 된다. 이걸 자기 목적에 이용하는 자들이 부채질하고 펌프질하고 유언비어를 퍼뜨리기도 하고 그럴 듯한 말로 설득하면, 군중들은 마약 먹은 것처럼 홀려드는 것이다. 히틀러가 대표적이라고 하지 않던가. 역사상 군중을 많이 홀린 사람일수록 영웅이라고 칭송하는 게 인간의 역사다. 그 때문에 바보처럼 또는 어쩔 수 없이 죽어야 했던 수많은 사람들은 그냥 숫자로 표기될 뿐, 당시의 개개인의 아픔과 인생에 대해서는 후세 사람들은 생각해보지도 않는다. 나랑은 관계없는 일이라고, 그래서 어리석음도 반복되고 역사도 반복된다고 한다.

아이들은 어렸을 때부터 올바르고 똑바르게 자기 주관을 가지도록 교육시키고 훈련시켜야 한다. 그러기 위해서는 똑바로 정확하게 볼 줄 알고, 바르게 생각할 줄 알아야 하고, 올바르게 말해야 한다. 이러한 능력을 기르기 위해서는 좋은 책을 많이 읽고 정독해서 음미하고, 곱씹고 곱씹어 깊게 생각해보는 습관을 길러야 한다. 하루아침에 이루어지는 일이 아니다. 공자 같은 분도 나이 오십이 되고 보니 마흔 아홉에 저지른 일이 부끄러워진다고 했다. 끊임없이 갈고 닦아야 한다.

한때《공자가 죽어야 나라가 산다》는 책도 있었고《공자가 살아야 나라가 산다》는 책도 있었다. 물질과 과학을 우선시 하면 공자 말씀이 헛소리 같아 보일 수 있고, 그래도 모든 걸 사람이 하지 않느냐며 인간 위주로 보면 맞는 말씀이 대부분이다. 공자는 사람이 더불어 살아야 하는 현실적인 사회규범과 덕목에 대해 설명했고, 인간 세상에는 꼭 필요한 지침이므로 잘 숙지해서 실천하면 득될 게 많다. 대표적인 게 '수신제가치국평천하(修身齊家治國平天下)'이다. 내 인격을 먼저 닦은 후에 결혼해서 가정을 이루고, 능력이 되면 치국도 하고 평천하도 할 수 있는 것이다. 옛 선비들은 수신(修身)으로 '신언서판(身言書判)'을 필수덕목으로 내세웠고, 그것을 닦기 위해 많은 노력을 기울였다.

'신'이란 요샛말로 몸짱이 되라는 말이 아니고, 건강하고 단정한 몸가짐을 말하는 것이다. 보통 사람은 누구나 단정한 사람을 좋아한다. 옛날 입사시험 자격조건 첫째가 용모 단정이었다. 지금도 크게 변하지 않았다. 좀 자유로워졌지만 그래도 지저분하게 자유분방한 모습보다는 단정한 모습이 좋다.

'언'은 말을 적절하게 잘 해야 한다는 것이다. 높임말이나 예삿말을 맞게 잘 구사하고, 공손하게 말하며 공명정대한 말이라야 한다.

'서'는 배움이다. 책을 많이 읽어 많은 지식을 습득하고 글씨도 잘 써야 한다.

'판'은 판단력이다. 많은 지식이 있어도 지혜롭지 못하면 바른 판단을 내리기 어렵다. 지식을 확실하게 이해하고 활용할 줄 알아야 하며, 생각을 깊이하고, 이리도 생각해보고 저리도 생각하며 바른 결론을 도출해야 한다. 판단 한 번 잘못하는 순간 나락으로 떨어지기도 하고, 판단 한 번 바르게 하는 순간 모든 일이 잘 풀리기도 한다.

'신언서판'이 다 중요하지만 특히 판단이 제일 중요한 이유는, 삶의 갈림길에서 이정표가 되기 때문이다. 이런 능력을 가질 수 있게 어릴 때부터 책도 많이 읽히고 가르침도 많이 줘야 한다. 미래학자들이 앞으로 인공지능이 발달하면 몇 년 내 몇 개의 일자리가 없어지고 어떤 직업군이 사라진다고 했다. 그러면서 인간은 로봇이나 인공지능이 할 수 없는 일을 해야 한다고 주장한다. 그런데 딱히 구체적으로 사람들이 뭐해 먹고 살아야 할지 제시하는 사람은 없다. 미래는 알 수 없고 인공지능이 어디까지 발전할지 아무도 모른다. 지식 습득 측면에서는 이미 현재에도 우리 인간은 컴퓨터를 못 따라 가고 있다. 하지만 판단력에서는 아직도 인공지능이 초보 수준이고, 앞으로 인간이 인공지능과 겨룰 수 있는 또는 이길 수 있는 분야가 '판단력' 밖에는 뭐가 더 있겠는가!

초등학생에게 미적분 가르쳐서 뭐 하겠다는 건지 참 알 수가 없다. 미적분은 지금도 컴퓨터가 더 잘 하고 있지 않은가. 영어 많이 가르치고 이해도 안 되는 고등수학을 가르치면 인공지능하고 경쟁할 수 있다고 생각하는 사람들이 아직도 많다. 남이 장에 가니 거름 지고라도 따라가고 있다. 영어, 수학은 지금의 컴퓨터가 사람보다 훨씬 더 잘 하고 있다.

판단력을 어떻게 기를 것인가. 올바른 사고, 깊이 있는 생각을 자주 많이 하게 해야 한다. 아이는 아이답게 키워야 한다. 지덕체(智德體) 교육을 균형 있게 나이에 맞게 시켜나가면 된다. 내 자식이 모두 다 천재이지만 수재, 영재는 아니니, 부모 욕심 줄여 아이들 힘들게 하지 말고 자식들의 천재성을 발휘하도록 격려해주고 지지해주고 보살펴주는 게 우리들 할배들이 해야 할 일이라고 생각한다.

올바른 인생은 평소의 올바른 생활습관에서 나오며, 습관은 행동을 반복함으로써 생기고, 행동은 생각이 있기 때문에 하게 되는 것. 그러므로 올바른 생각을 많이 할수록 올바른 인생살이를 해나갈 수 있는 것이다.

아이들이니까
아이들 눈높이에 맞춰야지

재미있는 유행가 가사가 나를 미소 짓게 한다.

"나는 젊어 봤다. 너는 늙어 봤냐?~"

전체 내용은 요즈음의 패기 넘치는 노인들의 각오와 마음가짐을 얘기하지만 젊은 사람이 듣기에는 마뜩잖을 것 같고, 늙은 내가 듣기에도 악 쓰는 것 같아서 호감이 안 간다. 늙은 사람은 젊은 시절을 지나왔기에 다 아는 것처럼 생각 들지만 사실은 많이 잊어버리고 있다. 특히 감성적인 면에서는 더욱 그렇다. 그렇기 때문에 젊은 사람들 하는 게 영 못마땅하게 생각된다. 자기들도 옛날 젊을 땐 그랬었는데 다 잊어버린 것이다.

특히 어린아이 시절은 더더욱 다 잊어버렸다. 그러나 찬찬히 생각해보면 조금씩 알 수 있고, 느낌이 살아날 수 있다. 아이를 키우려면 나의 어린아이 시절로 돌아가야 한다. 어릴 때는 먹고 싶은 것도 많고, 맛있는 것들도 많고, 겁도 많고, 호기심도 많다. 남보다 더 관심을 끌고 싶고, 더 많이 사랑받고 싶고, 독점하고 싶은 욕망이 강하다. 우리 할배들 어릴 때 생각 더듬어 손주들 마음 즉시즉시 읽어서 잘 반응해주면 아이들은 금방 우리 할아버지 최고인줄 안다.

사람은 누구나 스킨십을 좋아한다. 사람뿐만 아니라 짐승들도 만져주는 걸 좋아하지. 어릴수록 더 좋아하는 것 같다. 개보다는 강아지가 만져주는 걸 더 좋아한다. 사람도 아이들이 안아주고 업어주고 쓰다듬어주는 걸 좋아한다. 예전에는 남의 아이들을 쓰다듬어주어도 아무 일 없었건만, 요새는 그랬다간 경을 치는 세상이 되었다. 남의 손주들은 절대로 접촉하지 말고, 오직 내 손주들만 예뻐해주자.

또 잘못을 조금 저질러도 무안하게 꾸짖지는 말자. 말귀 알아듣는 나이가 되면 – 빠르면 48개월 늦어도 60개월 정도면 거의 다 알아듣는다 – 알기 쉽게 설명해서 수긍할 수 있도록 해야 한다.

사람은 책으로 받아들이는 지식 외에는 어릴 때부터 모든 걸 한 번 이상씩 해보고 성공과 실패를 알게 되고, 나름대로의 사물과 법칙과 인식을 익혀간다. 시행착오로 배우고 익혀서 살아가는 것이 인생살이인 것이다. 늙은 사람은 다 겪어본 지난 과거니까 알고 있는 사실이지만, 아이들이나 젊은이들은 겪어보지 않은 것들을 겪어보고 있는 중이니까 당연히 실수도 하고 잘못도 저지른다.

어른 눈으로 아이들을 보지 말라! "이것도 못해?"하면 안 된다. 아이들은 지금 처음 해보는 중일지도 모른다. 어른 눈으로 보면 답답하고 바보스럽게 보일지 모르지만, 어린 시절의 자기는 잊어버리고 지금 눈으로 판단하는 할배가 더 바보다.

수린이가 잠시 내 곁을 떠나고

옛말에 '든 자리는 몰라도 난 자리는 안다'고 했다. 있다가 없어질 때의 서운함을 함축적으로 표현한 말이다. 있을 때는 매일 그 자리에 그렇게 있으니까 별 고마움이나 느낌 없이 그러려니 하고 살다가, 어느 날 나를 떠나고 난 후에야 가슴 한구석이 뻥 뚫린 느낌이 온다.

수린이는 내게 올 때 분리불안이 다른 애들보다 심해 3주일이나 심하게 울고 보챘는데, 그 후에는 자랄수록 민서 언니가 옆에 있어서 함께 잘 놀고 귀엽게 커갔다. 아기들은 그때그때 모습들이 다 귀엽지만, 젖살이 토실토실 올랐을 때나 돌 지나 아장아장 걸을 때는 더 귀여운 것 같다. 민서와 수린이가 같이 놀 때는 둘 다 한창 귀여운 때여서 힘들어도 행복감이 충만해 있었는데, 어느 날 둘째 며느리가 오더니 수린이를 자기가 키우겠단다. 둘째 아기를 임신하니 힘들어서 잠시 직장생활을 접고 집에서 쉬면서 수린이를 직접 돌보겠다고 했다. 며칠 후 직장에 사표를 내고 정리 다 했다면서 "아버님, 수린이 보느라 힘드셨죠? 오늘부터 수린이 당분간 제가 키울게요"하고는 수린이 물건을 챙겨 갔다.

둘 키운다고 힘들어하다가 하나만 키우면 좀 쉴 수 있어 좋겠다는 생각보다는 허전한 가슴을 어떻게 달래야 할지 그냥 막막하기만 했다. 마치 1년 넘게 품안에서 키운 내 새끼를 빼앗긴 기분이었다고 할까? 참 묘한 기분이 한동안 나를 울적하게 했다. 아기 둘을 한 3년 넘게 키우다보니 내 몸속에 모성애 호르몬 – 그런 게 있는지 알 수 없지만 – 이라도 생겼나?

이 묘한 감정을 설명할 수 없으니 누구라도 경험해봐야 날 이해할 수 있겠지.

1년여의 시간이 지나서 둘째 며느리는 수린이 동생 시우를 낳고 재취업을 했고, 나는 다시 수린이뿐 아니라 동생 시우까지 맡아서 키우게 됐다. 첫째 아들네 두 손주, 민서와 준서도 돌보고 있는 중이었기 때문에 갑자기 네 명의 아이를 돌보게 되었다. 둘까지는 혼자서 돌볼 수 있어도 그 이상은 물리적으로 혼자서는 감당할 수가 없어서 아내도 합세해 우리 부부는 손주 넷을 키우는 손주부자가 되었다. 허전했던 마음도 다 채워졌다. 힘들어도 와글와글한 게 좋다. 그것도 습관인가 보다.

수린이 덕분에 "집에 있는 99마리 양보다 잃어버린 한 마리의 양이 더 소중하다"는 말과 전쟁 통에 월남하면서 노부모가 데리고 온 여러 명의 자식보다 두고 온 한 명의 자식을 더 그리워하는 심정을 잘 이해하게 되었다.

손주들 잘 되라고 들려준 꿈 이야기

많은 사람들이 꿈을 꾸고 복권을 산다. 가끔 신문에도 등장하곤 한다. 돼지꿈, 용꿈, 조상꿈, 귀인꿈 등등. 이런 꿈을 꾸고 복권에 당첨되었다고들 하는 사람들이 있다. 자꾸 들다 보니 누구나 그런 꿈을 꾸고 나면 기대감이 생겨, 복권을 사서 발표날까지 설렘으로 기다리게 된다. 이 기대감이 기분 좋아 복권들을 사리라.

꿈 이야기 중에 유명한 것이 김유신의 두 여동생이 꿈을 사고 팔아, 산 사람이 후일 무열왕의 왕비가 되었다는 설화가 있다. 이런 이유들 때문인지 꿈 이야기는 하는 사람이나 듣는 사람이나 묘한 끌림이 있다.

어느 날 우리 식구들이 다 모여 점심식사를 하는 날 내가 꾼 꿈 이야기를 해주었다.

"얘들아 내가 어젯밤에 꾼 꿈 이야기를 할 테니까 떠들지 말고 잘 들어봐라."

우리 집 아이들 넷이 눈을 똥그랗게 뜨고 호기심을 나타내기 시작한다.

"내가 어젯밤에 꿈을 꾸었는데 꿈에 부처님이 나타나셔서 이 할배한테 이렇게 이야기하는 거야. '너 아이들 키우느라 고생이 많지. 힘들겠지만 더 열심히 아이들을 잘 키워라. 네가 키우고 있는 아이들 넷 중에 한 명은 세계적인 인물이 될 거야. 온 세상 사람들이 다 알아보는 훌륭한 인물이 될 터이니 그리 알고 힘들더라도 잘 키워야 한다. 알겠느냐?' 이렇게 말씀하시고는 사라지셨어!"

민서 수린이는 즉각 반응이 오고, 준서 시우는 별로 와닿지 않는지 금세 호기심이 사라진다. 민서 수린이가 득달같이 물어온다.

"그 한 사람이 누구라고 그래요?" 합창한다.

"응. 나도 그게 궁금해서 여러 번 물었지만 '그건 지금 말해줄 수 없느니라. 나중에 저절로 알게 될 거니까. 그때까지 기다리거라' 하셨어."

"그게 누굴까? 나인가? 수린인가?"

"그게 누굴까? 나인가? 언니인가?"

"준서 시우가 될 수도 있지. 누가 될지 아무도 몰라. 열심히 공부하면 틀림없이 너희들 네 명 중에 한 명은 세계적 인물이 되는 거야."

할머니도, 아이들 부모들도 합세해서 똑같은 얘기를 해주었다. 그날 오후 내내 민서 수린이는 "할아버지, 혹시 나 아닐까?"를 수없이 물어왔다.

그날 이후 반년이 지난 지금도 궁금해하기는 마찬가지다. 어쩌면 몇 년이고 계속 궁금할지도 모른다. 내가 바라는 바는 그 궁금증이 평생 가슴에 남아 있어서 그에 상응하는 노력들을 해주기를 염원한다. 내가 꿈 이야기를 해준 이유가 거기 있기 때문이다. 반년이 지난 지금까지는 꿈 이야기를 생각하며 노력하는 게 눈에 보인다.

꿈은 자기가 만들고 가꾸어가야 하지만, 꾸어야겠다는 동기부여를 해주는 것도 좋은 것 같아 들려준 것이었다.

손주 키우시는 할배 할매님들, 한번 참고해보이소!

얘들아,
공부 부지런히 해라

사람의 마음은 참으로 모순되고 이율배반적일 때가 많다. 이런 마음의 행태를 비유해, "새장의 새는 밖으로 나가고 싶어 난리치고, 새장 밖의 새는 먹이가 풍부한 새장으로 들어가고 싶어 안달난다"는 말이 있다.

태어날 때 부모 잘 만나 공부할 환경에서 자라는 아이는 공부 안 하고 놀고 싶어 안달이고, 가난한 집에 태어난 아이는 공부 하고 싶어 학교 다니는 아이들을 부러워한다. 아마 역할을 바꿔도 똑같은 생각을 하게 되겠지. 뭐든지 자꾸 하면 싫증나서 하기 싫은 게 인지상정이다.

어릴 적 나도 공부는 뒷전이고 노는 걸 더 좋아했다. 아버지는 무서워서 몰래 숨어서 놀았고, 엄마와 할머니는 만만해서 대놓고 놀았다. 손주라면 춥다고 겨울에 방에서 응가 하라고까지 하신 할머니도 때론 너무 논다고 생각하셨는지, "율아 이놈아! 공부 열심히 해라. 막일은 쉬워서 아무나 한다. 아무나 보고 배워서 금방 흉내 낼 수 있다. 그러나 공부해서 머리에 집어넣어 놓으면 보이지도 않아서 가르쳐주지 않으면 배울 수도 없고 누가 빼앗아갈 수도 없는 거다. 명심해서 공부 열심히 해라. 이놈아!" 하시곤 했다.

나 어릴 적에는 동네에 글자를 아는 사람이 거의 없었다. 더구나 한자를 아는 어른은 두어 명 될까 말까였다. 글 모르는 사람은 제사가 돌아오면 글 아는 사람 찾아가서 지방을 써 달래서 제사를 지내곤 했다. 물론 맨입에 할 리는 없고 일정한 수고비로 쌀 됫박이라도 드려야 한다. 종이 값, 먹 값에, 글 값도 있으니까. 귀신은 꼭 한자로 쓴 지방만 읽을 줄 아는가 그것이 궁금했는데, 요새는 한글로도 많이 쓰는 걸 보니 귀신님도 한글을 깨치신 건지. 글 모르는 농부야 그까짓 지방 한 장 값으로 쌀 한 됫박이 얼마나 뼈저린 대가이며 마음 에이게 하는 것인지 알기 때문이다. 쌀은 봄부터 가을까지 88번의 손이 가야 비로소 손에 넣을 수 있는 생명 그 자체인 것이다. 그것도 시절이 좋아야 되는 것이지 가뭄이나 홍수를 만나면 지방 쓸 쌀도, 제사 지낼 쌀도, 심지어 먹고 살아갈 쌀마저 얻을 수 없을 때도 생기는 것이다. 할머니는 젊은 시절 굶기를 밥 먹듯이 한 적도 많았단다. 당신의 자식이 글을 배워 지방을 직접 쓸 때까지 글 동냥을 직접 하셨단다. 그래서 글공부해야 하는 것이 중요한 줄 아시고 어려운 살림에도 자식 공부를 시켰던 것이다.

그런데 손주놈 시대가 되니까 초등학교가 의무교육이 되어 너도나도 공부시키고 다들 글을 배우니 좋은 세상이 되어 보기는 좋은데, 공부는 안 하고 놀기만 좋아하는 손주놈이 얼마나 한심하셨기에 어린 내게 훈계를 하셨을까. 그때는 한 귀로 듣고 한 귀로 흘려버렸고, 노는 버릇은 쉬 고쳐지지 않아 공부로 뭘 이룬 것도 없이 살아왔으니 할머님한테 대단히 죄송한 마음 금할 길 없다.

세월을 돌려놓을 수도 없으니 지금은 다 지난 세월 속에 통한만 남았네. 그걸 새삼 깨닫고 나서 지금은 내가 말귀 알아듣는 민서 수린이에게 가끔 이야기한다.

"내 할머니가 내가 공부 안 하고 놀면 이렇게 말씀하셨다.

'공부 열심히 해라. 공부해서 머릿속에 집어넣어 놓으면 누가 훔쳐갈 수가 없다. 바람이 분다고 날아가기를 하나. 보배 중의 보배다. 너희들 생각해봐라. 너희들이 가장 아끼는 물건이라도 네가 잃어버릴 수 있고 누가 빼앗아갈 수도 있지. 그렇지만 머릿속에든 지식과 지혜는 아무도 빼앗을 수 없지. 그렇지?"

논리적인 설명은 애들도 수긍할 줄 안다. 하지만 실행은 별개 문제다. 아는 것과 실행하는 것은 일치하기가 쉽지 않다. 옛날 어느 현자가 그랬다. "세 살 먹은 아이도 알지만 팔십 먹은 노인도 실행하기는 어렵다"고. 실행이 그만큼 어려운 것이다. 한때는 나도 책상머리에 "아는 바를 행하자"라고 써 붙이고 자신을 독려해보기도 했다만…….

흥미와 호기심 유발, 동기부여를 끊임없이 시켜주어야 하는 게 애들 교육시키는 것이 아닌가 생각해본다.

애들 간식을 안 먹일 수도 없고

아이들은 돌아서면 먹을 것을 찾는다. 매일 매 순간 자라니 그럴 수밖에 없다. 끼니는, 조석으로는 집밥을 먹이니 안심이고 학교 급식도 가끔 뉴스에 등장하는 고약한 경우를 제외하면 믿어도 된다고 생각하고 있다. 문제는 하루에도 몇 번씩 먹어대는 간식인지 군것질인지 그게 걱정스럽다.

음식이 곧 내 몸이 된다고, 피가 되고, 살이 되고, 뼈가 되는 것이라고 설명해주어도 건성으로 알아듣고 마는 것 같다. 아직 어린아이들이니 입에서 당기는 유혹을 참기 힘들겠지. 어른도 못 참아서 성인병이니 고지혈증이니 야단이니까. 우리 민서는 한동안 슈크림 잉어빵을 좋아하더니 요새는 어묵과 어묵 국물을 좋아하고 햄으로 만든 핫바를 가끔씩 찾는다. 수린이는 팥 잉어빵을 먹더니 요새는 어묵 쪽으로 옮겨가고, 준서는 여전히 슈크림 잉어빵을 좋아하고, 시우는 아무거나 잘 먹어 그때그때 언니들 따라 같이 먹는다. 애들이 좋아하는 간식을 사줄 때마다 기분이 영 개운치가 않다. 잉어빵도 요새는 체인점으로 하던데, 본사에서 공급하는 재료가 좋은지 의심이 간다. 가끔 뉴스에 대기업에서 만드는 쿠키나 비스킷에 상한 달걀을 집어넣는다고 나오는데 전국에 수없이 많은 무명 재료업자들이 먹는 걸로 어떤 장난을 치고 있는 건 아닌지 항상 걱정스럽다.

제조업은 원가경쟁이고 돈 버는 것은 욕심이니, 싼 재료만 찾고 원가 낮추려고 하다 보면 문제가 생기기 쉽다. 항상 궁금한 게 생선 값보다 어묵 값이 싸고, 돼지고기보다 소시지 값이 싼 게 불가사의하다. 딴 재료를 배합한다고는 해도 여러 가지 부대비용이 많이 들 텐데…….

얼마 전 세계보건기구(WHO)에서 소시지와 햄, 베이컨 등을 1급 발암물질이라고 발표해 온세상이 발칵 뒤집어졌는데, 적게 먹으면 괜찮은 걸로 수습되나 보다. 물론 어떤 물질이 반응하는 데는 임계치와 임계점이 있다고는 하지만 그걸 어떻게 명확하게 규정할 수 있을까? 며칠 전 민서가 소시지를 사달라고 윙크를 열 번도 더 하면서 애교를 떨어 사주면서도 "소시지 먹으면 암 걸린다고 뉴스에 나왔지?"하니까 "조금씩 먹으면 괜찮대요!"라며 즉각 대답한다. "그래 가끔, 아주 가끔 조금씩만 먹어라"하고 말았지만 내 마음은 영 개운치 않다.

학교 앞이나 태권도장 앞에는 배고픈 아이들을 위해 노점이 항상 있다. 이분들께 당부하고픈 것이 있다.

노점 운영하시는 분들, 제발 아이들 위해 장사한다고 생각하십시오. 다 내 새끼들이라고 생각하고 먹여주시면 복 받습니다.

손주들과의 추억은 날마다 쌓여가고

'하루는 지루해도 1년은 금방'이란 말이 있듯이, 시간은 쉬지 않고 흘러간다. 흐르는 시간 속에 주고받는 말과 행동, 인상, 배경, 온갖 것들이 기억에 남으면 뒤돌아볼 때 모두 그리운 추억이 된다. 어릴 적 울보 수린이가 눈물공주가 되더니 이제는 울지 않겠다고 편지를 써왔다. 갑자기 한뼘 더 커진 것 같은 수린이가 대견하지만, 새까만 눈에 보석 같은 눈물을 소리 없이 쏟아내던 그때의 수린이는 이제 내 가슴에만 남게 되었다.

수린이란 이름은 흔치 않다. 단골 소아과 간호사한테 물어봐도 들은 적 없다고 하니 드문 이름이다. 제 아비, 어미가 머리

짜내 예쁜 이름을 지어놓고, 한자를 획수에 맞게 (인터넷 작명법을 보고) 찾다보니 머리 '수(首)' 자에 옥돌 '린(璘)' 자로 출생신고를 했다. 그런데 나중에 하는 소리가, "시우는 베풀 '시(施)'에 넉넉할 '우(優)' 자를 써서 뜻이 딱 떠오르는데, 수린이는 한자 의미가 통 안 떠오르네요. '머리 옥돌' 해봐야 통 감이 안 잡히고요" 라며 스스로 투덜대기에, 한 마디 의논도 없이 저들끼리 이름을 지은 것이 못마땅했지만 아버지로서, 그리고 할아버지로서 명쾌하게 해석해주었다.

"머리 수는 '으뜸'이란 뜻으로 영어로는 톱(Top)이니 최고라는 뜻이다. 그리고 옥돌은 '보석'이 아니냐. 그러니 수린이는 '다이아몬드'라는 뜻이지. 보석 중의 최고는 다이아몬드 아니냐!"

아내는 내 해석이 멋지다고 칭찬해주고 둘째 아들 놈 입은 바지게만큼 벌어졌다.

나는 애들하고 손잡고 가는 걸 즐긴다. 작은 손 꼭 쥐고 가는 맛이란 할배만의 것이다. 다 함께 이동할 때는 안전상 주로 막내의 손을 꼭 잡고 간다. 처음부터 그랬기 때문에 다 한 번씩은 막내가 되어 내 손을 꼭 잡고 다녔다. 지금은 시우가 막내가 되어 등하원시에 손을 꼭 잡고 간다. 겨울에는 손 시리다고 아에 내주머니에 넣어 다닌다. 그냥 잡기만 하는 게 아니고 고사리 같은 작은 손을 만지작만지작 하면서 무언의 대화를 한다. 나도 느끼지만 손주들도 내 사랑을 느끼는지 다 나를 좋아하고 있다.

시우도 나날이 잘 자라는 게 눈에 보인다. 얼마 전에는 앞으로는 떼 많이 쓰지 않겠다고 약속해왔다.

내 마음은 시우가 떼 좀 더 써도 괜찮은데, 이제 더 이상 손주들 떼쓰는 걸 볼 수 없으니 그것도 추억으로 흘러가버렸네. 때론 야단도 치고, 잔소리도 하지만, 애들한테 더 많은 더 좋은 추억을 만들어주려고 '노심(勞心)'도 해보고 '초사(焦思)'도 해본다. 요새는 동네 편의점이 시우와 준서의 참새 방앗간이 되었다. 방과 후 둘을 데리러 가면 꼭 편의점으로 잡아끈다. 가서 물건 고르는 걸 보면 꼭 사고 싶은 것, 먹고 싶은 것도 없는 듯하다. 그냥 이것저것 만지다가 그야말로 아무거나 가져나온다. 할아버지의 사랑을 확인하고 싶은 걸까, 자기들의 영향력을 확인해보는 걸까. 어쩜 둘 다인 것 같다.

가끔씩 버릇 나빠질까 잔소리도 하고 거절도 하지만 십중팔구 그냥 들어준다. 언제이겠냐, 이것도 한때지. 더 크면 날 상대할 시간도 없을 텐데. 지금 이 순간이 즐겁다고 해야겠지.

얄미운(?) 시우의 지당한 말씀

"할아버지는 늙어서 그래.", "할머니는 늙어서 그래."

요새 시우가 우리한테 자주 써먹는 말이다. 잘 안 들려서 되묻거나 무슨 말인지 못 알아들으면 제 딴에 답답해서 하는 소리겠지만 처음에는 당혹스럽기도 하고 얄밉기도 했다.

"까마귀도 검다고 대놓고 말하면 싫어한다"고 하는 옛말도 있고, 옛날 황희 정승도 '소가 알아들으면 기분 나빠한다고 소가 안 들리게 귓속말을 했다'는 고사도 있는데. 쬐그만 게 대놓고 할배, 할매를 타박주니 기분이 영 상쾌하지 않았다.

그런데 자꾸 들으면서 우리 자신을 돌아보니 그 말이 맞기는 하다. 시력도, 청력도 해가 갈수록 나빠지고, 주름살은 더 많이 더 깊게 자리 잡아 가고 있으니 틀린 말이 아니지. 게다가 날이 갈수록 여기도 아프고, 저기도 쑤시고…….

사회적으로 공인하는 노인 대접이 65세부터인데, 장수시대가 왔다고 70세로 올리자는 여론이 높아지고 있는 게 현실이다. 어떤 이들은 그 이상의 나이로 해야 한다고 역설하기도 하고 직업, 사회적 비용 등등의 많은 문제가 있어서 어떻게 될는지는 아직 모르겠지만, 신체상으로 보면 65세가 맞는 것 같다.

60대 초반에는 늙음을 인정하기 싫어 허세를 떨어보지만 65세가 넘어가니 몸이 늙음을 인정하라고 신호를 보내기 시작한다. 다리도 후들대고, 허리도 자주 아프고, 근력도 떨어지고, 시력, 청력도 더 빨리 퇴화되는 것 같다. 2~3년 더 젊은 척해봐도 60대 후반부터는 늙음을 인정해야겠다는 생각이 든다. 자존심 때문에 노인 티는 내기 싫어도 내 몸 보호를 위해 어쩔 수 없이 할배답게(?), 할매답게(?) 살살 움직이는 게 맞는 것 같다.

한동안 시우가 그 말을 해대면 듣기 싫어서, "요년 봐라! 기껏 키워놨더니 한다는 소리가!" 하면서 눈을 부라리기도 했지만, 이제는 우리 둘 다 "그래 네 말이 맞다. 할배 할매가 늙어서 그래" 하고 인정하고 있다. 그러면서 우리 둘 다 이제부터 늙음을 인정하고, 몸조심하기로 서로 다짐한다. 밥 씹을 때 살살 씹기, 한 가지 동작 오래 안 하기, 무거운 것 들 때 예비운동하기, 아침에 일어날 때 가벼운 스트레칭하기, 급격하게 동작 바꾸는 것 안 하기 등등.

요새는 시우의 지당한 말씀(?)을 고맙게 생각하며 서로가 불편한 몸을 호소하면서 서로에게 "늙어서 그래"를 주고받으면서 산다.

시우 덕분에 늙음을 빨리 인정하고 살아가게 되어 다행으로 생각한다. 가수 노사연 씨의 노래 가사 중에 '늙어가는 게 아니라 익어간다'고 하는 멋진 가사가 있기는 하지만, 어쨌든 늙어가든, 익어가든, 가을바람 스산하게 느껴지는 기분은 같지 않겠나.

'어쨌거나 한 수 가르쳐준 시우야, 고맙다.'

손주들에게
러브레터를 받노라면

내 생일날 손주들이 축하편지를 주는 것도 이젠 으레 있는 정례 행사가 되어 간다. 해마다 받은 편지를 모으고 있는데 지난해에 받은 것과 비교해보면 표현력 문장력이 발전하는 걸 한눈에 알아볼 수 있어, 아이들이 몸뿐만 아니라 생각도 자라고 있음을 실감할 수 있다.

편지질(?)은 내가 먼저 시작했다. 민서가 초등학교 들어가서 맞이한 첫 생일날 편지와 함께 금일봉을 주었다. 모두들 평등하게 해줘야 하니까 수린이도 주었고, 준서(준서는 올해 초등학교에 들어갔지만, 실제 생일이 또래보다 한 해 늦은 월생이라 아직

편지를 받지 못했다)와 시우는 내년이 되어야 자격이 생긴다. 초등학교 입학 후 첫 생일부터 해주기로 약속했기 때문이다. 편지 쓰기가 쉽지 않지만 애인한테 보내는 러브레터라고 생각하면 그때그때 쓸 게 생긴다. 민서와 수린이는 이제 제법 조리 있는 글을 쓰고 준서와 시우는 설명을 들어야 해독할 수 있는 피카소적(?) 그림을 그려주곤 한다. 언니 누나들이 하니까 저들도 뭔가 표현해서 주고 싶은 것이다. 시우는 그림 그리는 게 재미있는지, 아님 자신 있는지 유치원 선생님과 피아노, 태권도 선생님께 난해한 그림 선물을 할 때가 가끔 있다. 작은 종이쪽지 그림이라도 자신을 생각해준다는 어린 제자의 성의를 다들 고맙게 생각해 받아주는 눈치다. 손주들의 편지는 온통 하트 모양 그림에다 "사랑합니다"로 애정 공세를 하는 내용이다.

사랑이란 단어는 내 어릴 적에는 이성간의 애정 고백에나 쓰는 것이었는데, 요새는 폭넓게 쓰고들 있어 나 또한 시류에 젖어 잘 쓴다. 사랑은 순수 우리말이라는 설과 생각을 많이 하는, 생각나고 또 생각나는 그리움의 한자 '사량(思量)'에서 나왔다는 설도 있다. 사랑하고 생각을 많이 하니까 그게 그것 같은데 좀 부담스러운 뉘앙스를 풍기는 사랑을 그냥 혼용하고 두루 쓰기도 하는 것 같다. 영어 'love'를 사랑으로 번역해서 쓰니까 더 그렇다. 어쨌거나 아이들이 쓰는 사랑이라는 단어는 思量으로 받아들이는 것이 맞는 것 같다. 옛날에는 한 번도 들은 적이 없는 단어를 손주들한테서 듬뿍 들으니 기분이 너무 좋다. 기분 좋은 김에 사랑이란 단어를 보통명사화 해서 자주 쓰고 의미를 새롭게 부가해서 써보기도 한다.

민서가 "할아버지 사랑합니다" 하면 나도 "나도 널 사랑해" 하고, "할아버지 수린이하고 나하고 누굴 더 사랑해요?"하면 "너랑 수린이랑 똑같이 사랑해. 그렇지만 넌 내 첫사랑이야!" 해주면 '첫'이란 단어에 매우 흡족해 한다. 내가 의미하는 바와 사랑의 뉘앙스를 확실히 전하기 위해 부연설명도 해준다.

"네 아빠도 내 첫사랑이고(첫 아들로서), 네 엄마도 내 첫사랑이고(첫 며느리로서), 준서도 내 첫사랑이야(첫 손자로서). 그러고 보니 네 집에는 전부 내 첫사랑만 있네."

'첫' 자를 너무 남발한다고 할 수 있으나 '첫'이란, 당시에는 낯설고 어렵고 두렵고 가슴 설레며 빨리 지나가버린 시간이지만, 나중에는 그 시간이 무척 그리워지고 애달픈 느낌 같은 것이라 할 수 있다. 그래서 그런 기분을 느낄 때만 쓰는 게 맞는 것 같지만, 그냥 기분 좋으니 인플레해서 쓰는 것도 좋은 거지, 뭐!

할배들이여, 손주들과 많이 사랑하세요!

나는 너희들의 영원한 할배꽃이 되고 싶다

우리집 베란다에는 핑크빛의 작은 꽃송이가 올망졸망 달린 유도화(柳桃花) 종류의 꽃나무가 있다. 열대지방이 원산지인지, 거의 일년 내내 꽃이 핀다. 3월부터 11월까지는 흐드러지게 피고 겨울에는 작게나마, 적게나마 얼굴을 내밀어준다. 이름도 모르고 알려고도 않고 그냥 몇 년을 길러 왔다.

어느 날 민서가 베란다에 있는 꽃들의 이름을 물어왔다. 거의 다 아니까 묻는 대로 이름을 알려주다가 이 유도화의 이름을 묻기에 솔직하게 잘 모르겠다고 대답하고 "그럼 우리 이 꽃을 민서꽃이라고 부르자" 하니까 좋아하고 깔깔댄다. 옆에 있던 할머니도 그렇게 부르자고 거들었다. 이때부터 이 꽃은 우리집에서는 민서꽃이 되었다. 수린이가 “할아버지 그럼 내 꽃은?” 하기에 마침 제라늄이 빨갛게 잘 피고 있는 걸 보고, “그럼 이 제라늄은 수린이꽃이라고 하자”, 그래서 이때부터 우리집에서 만큼은 제라늄이 수린이꽃이 되었다.

준서와 시우가 가만 있을 리 없지. “할아버지 나는, 나는?” 야단을 피운다. 뭣이든 정해줘야 공평무사하게 될 것이고 마음에 상처가 생기지 않을 테니까. 이리저리 살펴보니 백동백과 홍동백이 피어 있다. “여자는 핑크를 좋아하니까 홍동백꽃을 시우꽃이라 하고, 백동백은 준서꽃이라고 하자” 내 말에 둘 다 만족해 한다. 꽃이야 사실 맘에 들든 말든 내 이름의 꽃이 생겼다는 데 만족한 것이다. 애들이 이러니 어른이야 말할 것도 없겠지. 어쨌거나 꽃 네 종류가 우리집에서는 명찰을 바꿔 달게 되었다. 이후 해마다 봄이 되면 서로 자기이름 꽃을 확인하면서 좋아하고 있으니 나도 기분이 좋다.

꽃을 생각하다보니 갑자기 할미꽃 이야기가 떠오른다.

그 옛날 초등학교 시절 교과서에 할미꽃의 슬픈 전설에 대한 내용이 내 마음을 찡하게 했던 기억이 아련하게 피어오른다. 왜 할배꽃은 없을까? 온세상 각 나라마다 설문조사를 했는데 제일 좋아하는 단어는 엄마이고, 아버지라는 단어는 76번 이후에나 나타나기 시작했다고 한다. 애들은 엄마를 최고로 알고 자라고 어른이 된다. 그러니 엄마는 항상 최고이고 아빠는 생각 바깥에 있다. 이러니 할배는 일러 무엇 하리.

그래도 나는 너희들을 백일도 안 되어서부터 지금까지 젖먹이고 – 며느리가 직장에서 하루 종일 짜 모은 – 우유먹이고, 똥오줌 가려주고, 안고, 업고, 얼러주며 키워 왔으니 이 할배는 가끔씩이라도 생각이 나겠지. 세월이 지나서 내가 없더라도 너희들의 추억 속에 자리하면 그것으로 나는 행복한 할배가 될 것이다. 나도 너희들의 꽃처럼 하나의 꽃이 되고 싶다. 이 할배는 함박꽃을 좋아하니 함박꽃을 보면 할배꽃이라 부르고 나를 생각해주렴.

참, 함박꽃에는 두 종류가 있단다. 작약꽃도 함박꽃이라 하고, 산목련꽃도 함박꽃이라 한다. 화사한 작약꽃도 아름답지만 좀 요염한 것 같아서 나한테는 안 어울리는 것 같다.

산목련은 꽃을 피워도 잎 속에 숨어서 눈에 잘 안 띄지만, 은은한 향기와 고귀해보이는 꽃송이가 내 마음에 들어 이 할배가 제일 좋아하는 꽃이라고 말할 수 있단다. 쉽게 볼 수 있는 흔한 꽃은 아니지만 할아버지의 자그마한 농장에 여섯 그루가 5월부터 6월까지 꾸준히 꽃을 피워주니 할배 생각나고 보고 싶으면 언제든 와서 "할배꽃~!"하고 불러주며 나를 생각해주렴.

그 그늘 아래서 너희들이 언제나 환한 웃음 터뜨리도록 이 할배는 영원히 지지 않는 할배꽃으로 피어나리라!

때맞게 만개한 불두화(佛頭花) 꽃잎이 꽃보라가 되어 휘날리던 날. 꽃송이 통째 꺾어주면 그걸로 꽃싸움(눈뭉치 던지며 노는 게 눈싸움이라면, 꽃뭉치 던지며 노는 걸 꽃싸움이라고 해도 틀린 표현은 아니겠지)하며 놀던 우리들(우리들 속에는 이 할배도 포함되는 거 알지?) 모습이 아직도 생생하구나! 너희들도 해마다 5월이 되면, 이 할배와 함께 꽃싸움하던 그 옛날의 어느 봄날을 꼭 기억해다오.

에필로그

할배 할매님들, 손주들 돌보면서 행복하게 삽시다!

졸문(拙文)을 써놓고 보니 부끄럽기도 하고 창피하기도 하다.

평소에 일기는 쓰지만 글 지어 보기는 처음이라 그냥 일기 쓰듯이 생각나는 대로 붓 가는 대로 써보았다. 문장이 매끄럽지 못하여 읽으시는 데 불편을 드릴까봐 걱정이 되기도 하고 공감을 해주시는 부분이 있기나 할는지, 오히려 심기를 불편하게 하지는 않을는지 조심스럽기도 하고.

그래도 글을 써보고 싶었던 이유는, 저출산 문제가 심각한 국가 위기로 다가오고 조부모님들의 수명이 백세시대를 맞이하다 보니, 손주 돌봐주는 것이 위의 두 가지 문제를 동시에 해결해줄 수 있는 하나의 방법이라는 생각이 들어서였다. 작게는 내가 지난 10년 동안 손주들을 키워온 것에 대한 나의 합리화, 자존심, 자긍심을 자위하기 위해서 졸문을 썼지만, 좀더 욕심을 내서, 이 변변치 못한 글을 읽고 온세상의 손주 키우고 돌보고 가르치는 - 노인은 도서관이라는 그 지혜와 지식을 - 할배, 할매님들의 노력이 인류를 위하고, 국가를 위하고, 가정을 위하고, 자식들에게 큰 도움이 된다는 사실을 상기시켜드려서, 그분들의 자존감, 자부심을 조금이나마 고양시켜드리고 싶어서였다.

그러니 부디, 할배 할매님들!

건강 잘 돌보시고, 허리 삐끗 안 하시려면 매일매일 체력 단련하시고, 영양 골고루 담긴 음식 챙겨 드시고, 사명감을 가지시고, 행복을 느끼시면서 손주들 잘 키워주시고 예뻐해주시고 사랑해주세요!

감사합니다.

10년째 손주 넷 돌보고 있는
일흔 초반 할배가

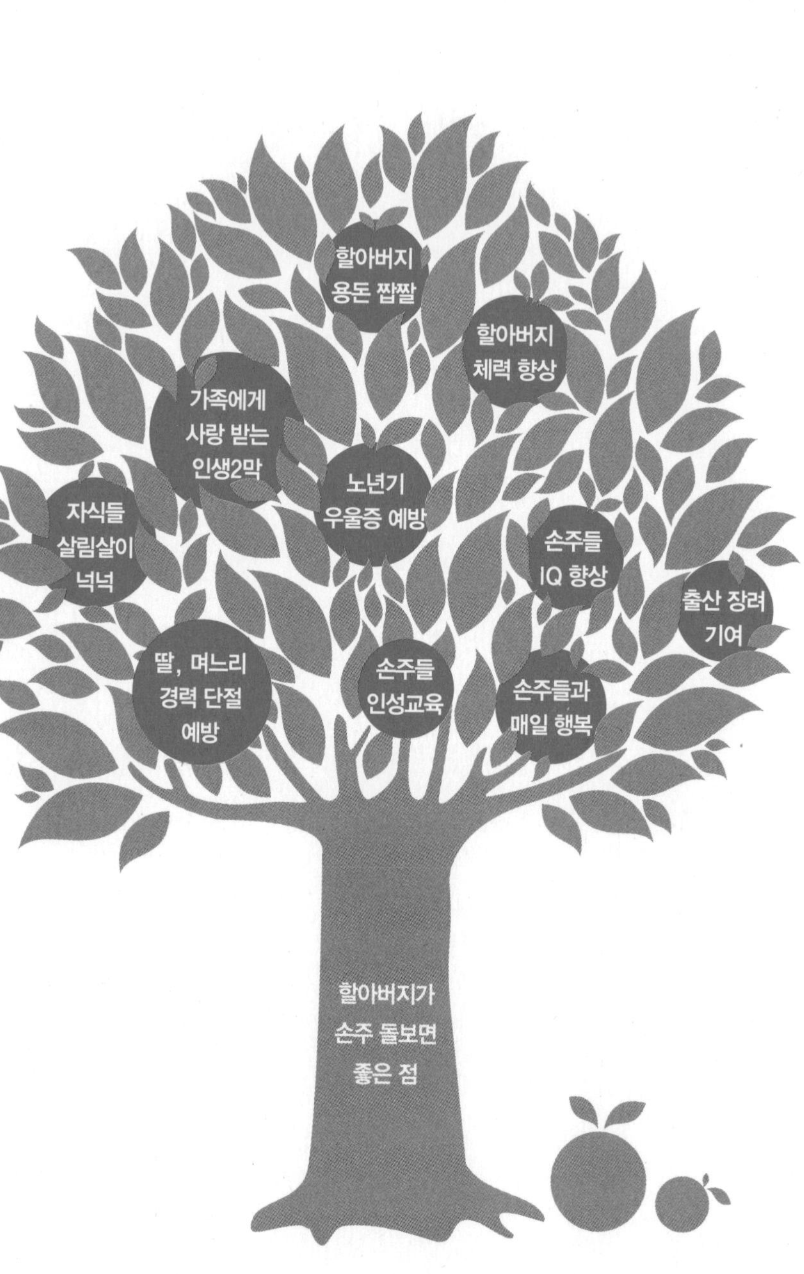
할아버지
용돈 짭짤
할아버지
체력 향상
가족에게
사랑 받는
인생2막
노년기
우울증 예방
자식들
살림살이
넉넉
손주들
IQ 향상
출산 장려
기여
딸, 며느리
경력 단절
예방
손주들
인성교육
손주들과
매일 행복
할아버지가
손주 돌보면
좋은 점

산목련은 꽃을 피워도 잎 속에
숨어서 눈에 잘 안 띄지만,
은은한 향기와 고귀해보이는 꽃송이가
내 마음에 들어
이 할배가 제일 좋아하는 꽃이라고
말할 수 있단다.

쉽게 볼 수 있는
흔한 꽃은 아니지만
할아버지의 자그마한 농장에
여섯 그루가 5월부터 6월까지
꾸준히 꽃을 피워주니

할배 생각나고 보고 싶으면
언제든 와서
"할배꽃~!"하고 불러주며
나를 생각해주렴.

그 그늘 아래서
너희들이 언제나
환한 웃음 터뜨리도록
이 할배는 영원히
지지 않는 할배꽃으로
피어나리라!

해마다 5월이 되면,
이 할배와 함께
꽃싸움하던 그 옛날의
어느 봄날을
꼭 기억해다오.

나에게 농사일은
애 보기 위한
레크리에이션이 되고,
애 보는 일은 농사일을 위한
레크리에이션이 된다.

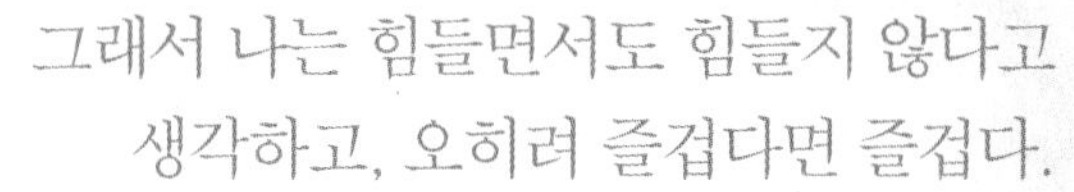
그래서 나는 힘들면서도 힘들지 않다고
생각하고, 오히려 즐겁다면 즐겁다.

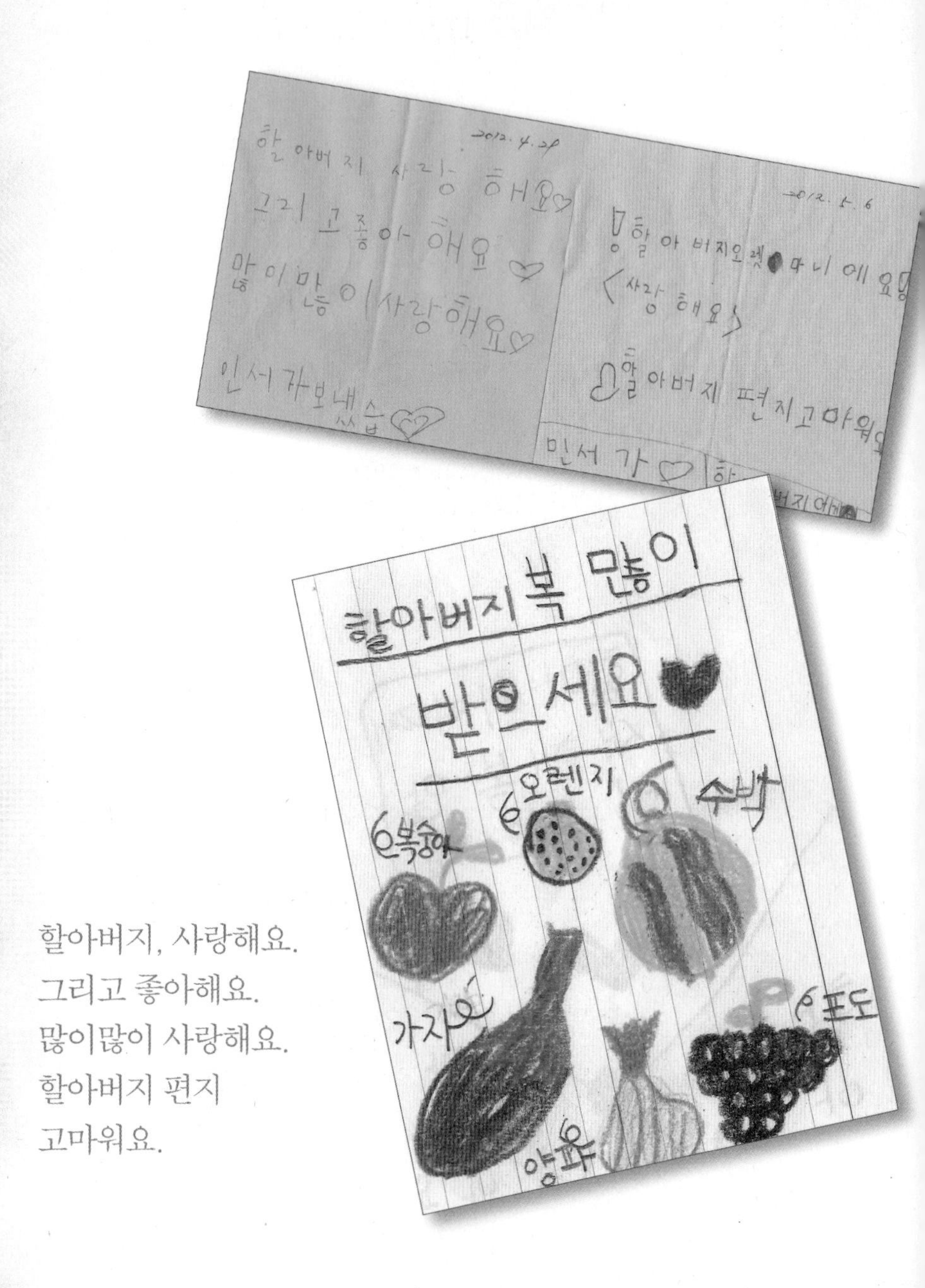

할아버지, 사랑해요.
그리고 좋아해요.
많이많이 사랑해요.
할아버지 편지
고마워요.

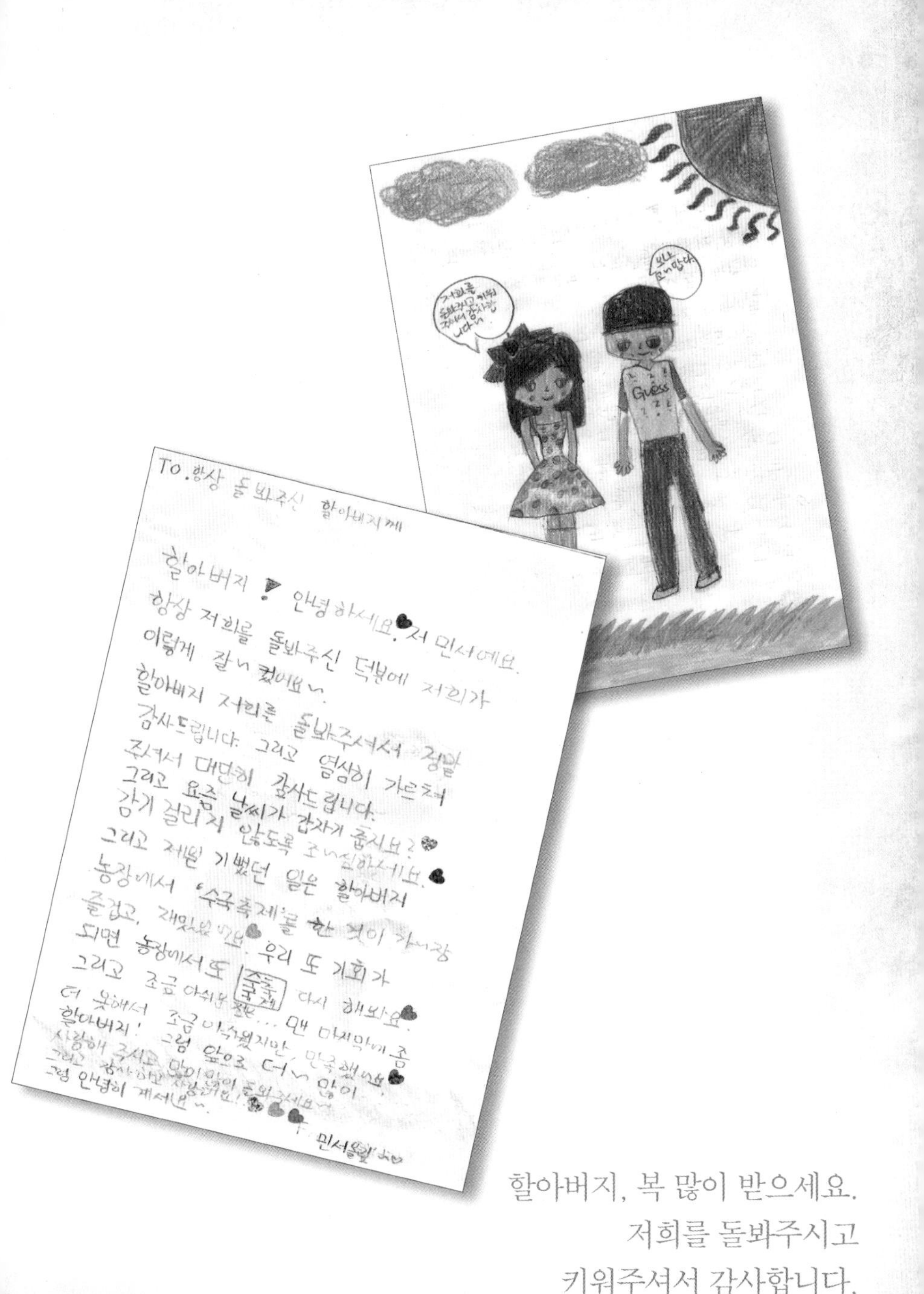

To. 항상 돌봐주신 할아버지께

할아버지! 안녕하세요. 저 민서예요.
항상 저희를 돌봐주신 덕분에 저희가
이렇게 잘 컸어요~.
할아버지 저희를 돌봐주셔서 정말
감사드립니다. 그리고 열심히 가르쳐
주셔서 대단히 감사드립니다.
그리고 요즘 날씨가 갑자기 춥지요?
감기 걸리지 않도록 조심하세요.
그리고 제일 기뻤던 일은 할아버지
농장에서 '수국축제'를 한 것이 가장
즐겁고, 재밌었어요. 우리 또 기회가
되면 농장에서 또 수국축제 다시 해봐요.
그리고 조금 아쉬운 점은... 맨 마지막에 좀
더 못해서 조금 아쉬웠지만, 만족했어요.
할아버지! 그럼 앞으로 더~ 많이
사랑해 주시고 많이많이 돌봐주세요~
그리고 감사하고 사랑해요!
그럼 안녕히 계세요~.

민서올림

할아버지, 복 많이 받으세요.
저희를 돌봐주시고
키워주셔서 감사합니다.

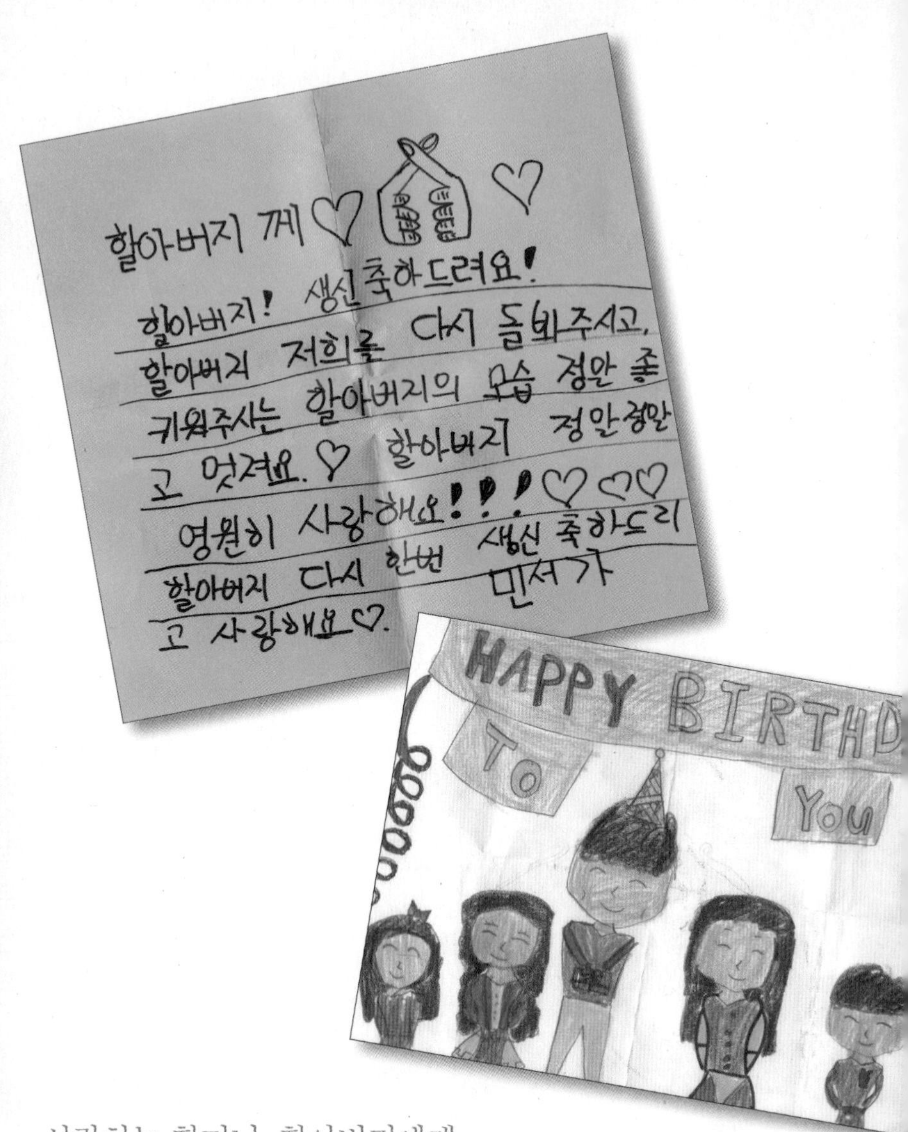

할아버지 께

할아버지! 생신 축하드려요!
할아버지 저희를 다시 돌봐주시고,
키워주시는 할아버지의 모습 정말 좋
고 멋져요. 할아버지 정말정말
영원히 사랑해요!!!
할아버지 다시 한번 생신 축하드리
고 사랑해요.
민서가

사랑하는 할머니, 할아버지에게
사랑해요. 싸우지 않고 말 잘 들을게요.
할아버지 할머니 저를 예쁘게 돌봐주셔서
고맙습니다. 감기 조심하시고, 건강하세요.
맛있는 음식해줘서 고맙습니다

할아버지, 사랑해요.
아프지 말고 건강하세요. 생신 축하드려요.
항상 유치원 데려다주셔서 감사합니다.
할아버지가 농장에서 채소를 키워주셔서 감사합니다.
토마토, 감자, 완두콩, 양파, 당근,
다른 채소도 키워주셔서 감사합니다.

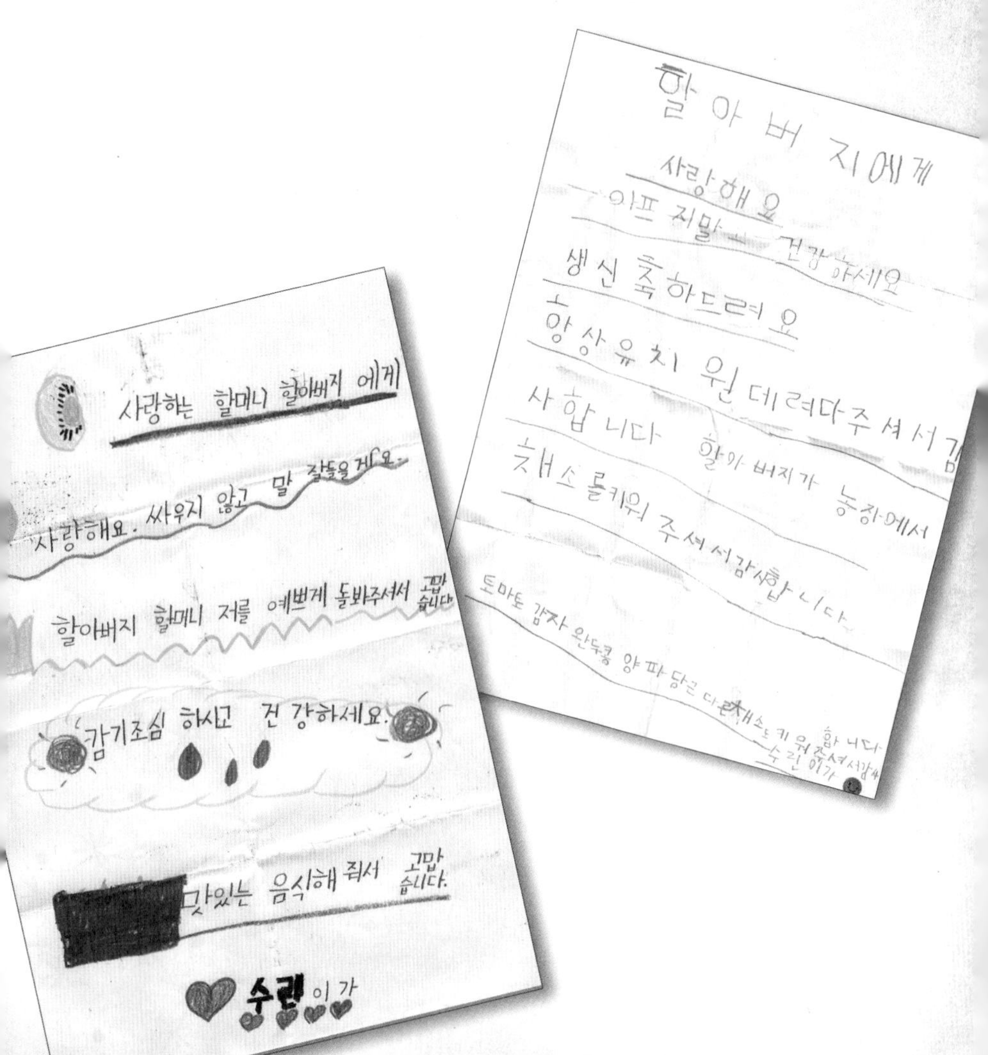

할아버지에게
사랑해요
아프지말 건강하세요
생신 축하드려요
항상 유치원 데려다주셔서 감사합니다 할아버지가 농장에서
채소를 키워주셔서 감사합니다
토마토 감자 완두콩 양파 당근 다른채소도 키워주셔서 감사합니다
수련이가

사랑하는 할머니 할아버지 에게
사랑해요. 싸우지 않고 말 잘들을게요.
할아버지 할머니 저를 예쁘게 돌봐주셔서 고맙습니다
감기조심 하시고 건강하세요.
맛있는 음식해 줘서 고맙습니다.
수련이가

사랑하는 할아버지께

할아버지 안녕하세요. 저 수린이에요.
할아버지 덕분에 한자도 많이많이 알
게 되었어요. 또 덕분에 편식도 않하고
골고루 먹게 되었어요. 이제부터 울지않고
준서, 시우, 민서언니와 싸우지않는 착한
수린이가 될게요. 할아버지, 할머니 사랑
해요.
수린올림

할아버지 덕분에 한자도 많이많이
알게 되었어요. 또 덕분에 편식도 안 하고
골고루 먹게 되었어요. 이제부터 울지 않고
준서, 시우, 민서언니와 싸우지 않는
착한 수린이가 될게요.
할아버지, 할머니 사랑해요.

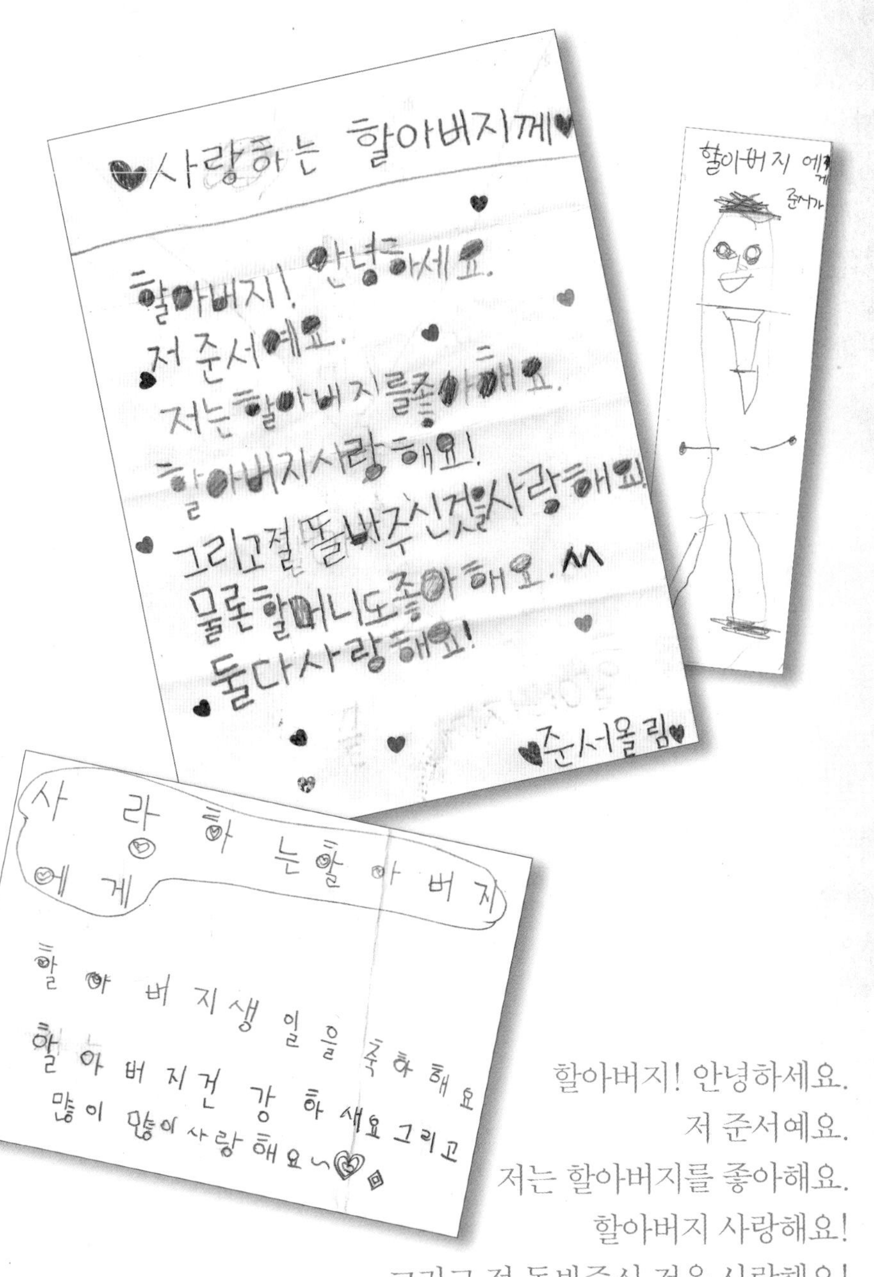

사랑하는 할아버지께

할아버지! 안녕하세요.
저 준서예요.
저는 할아버지를좋아해요.
할아버지사랑해요!
그리고절돌봐주신것을사랑해요!
물론할머니도좋아해요. ^^
둘다사랑해요!

준서올림

할아버지 에게
준서가

사랑하는 할아버지에게

할아버지 생일을 축하해요
할아버지 건강하새요 그리고
많이 많이 사랑해요~

할아버지! 안녕하세요.
저 준서예요.
저는 할아버지를 좋아해요.
할아버지 사랑해요!
그리고 절 돌봐주신 것을 사랑해요!
물론 할머니도 좋아해요. 둘 다 사랑해요!

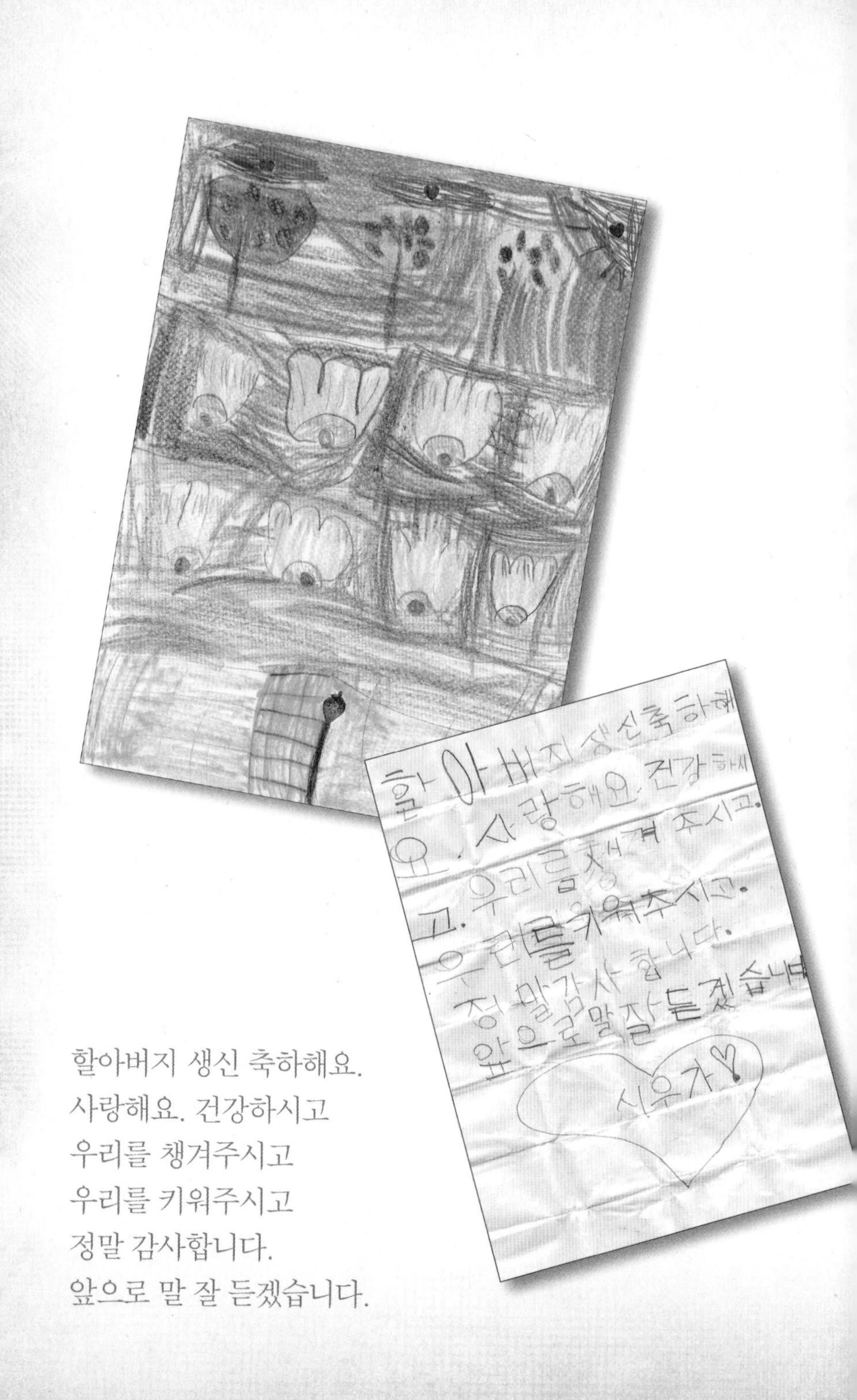

할아버지 생신 축하해요.
사랑해요. 건강하시고
우리를 챙겨주시고
우리를 키워주시고
정말 감사합니다.
앞으로 말 잘 듣겠습니다.

할아버지는 너만 보면 항상 즐겁고 행복해.
태어나서부터 지금까지 매일 매일 커가는 걸
지켜보아 왔으니까. 꼬물꼬물하던 네가 어느덧
자라서 할아버지께 편지를 쓰다니.
앞으로도 계속 너를 지켜보고 있을 것이니
건강하고 씩씩하게 잘 크거라!

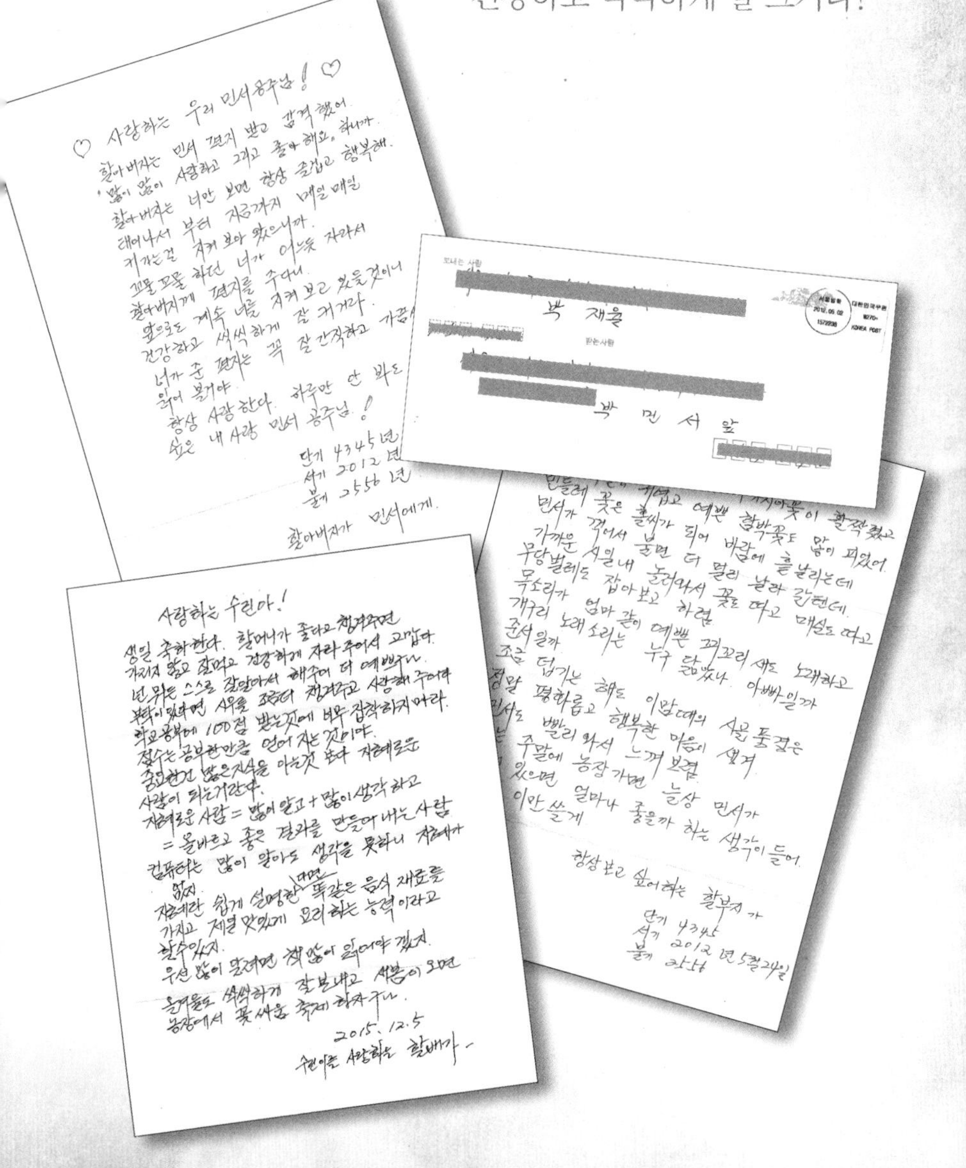

♡ 사랑하는 우리 민서 공주님! ♡
할아버지는 민서 편지 받고 감격했어.
많이 많이 사랑하고 그리고 좋아 해요. 하니까
할아버지는 너만 보면 항상 즐겁고 행복해.
태어나서 부터 지금까지 매일 매일
커가는걸 지켜 보아 왔으니까.
꼬물 꼬물 하던 너가 어느듯 자라서
할아버지께 편지를 쓰다니.
앞으로도 계속 너를 지켜 보고 있을것이니
건강하고 씩씩하게 잘 커거라.
너가 준 편지는 꼭 잘 간직하고 가끔
읽어 볼거야.
항상 사랑 한다. 하루만 안 봐도
싶은 내 사랑 민서 공주님!
단기 4345년
서기 2012년
불기 2556년
할아버지가 민서에게.

보내는 사람
박 재율
받는 사람
박 민서 앞
2012.05.02
대한민국우편
₩270
KOREA POST

민들레 … 귀엽고 예쁜 … 꽃이 활짝 폈고
민서가 꽃은 홀씨가 되어 할박꽃도 많이 피었어.
가까운 꺾어서 불면 더 바람에 흩날리는데
무당벌레도 시월내 놀러와서 멀리 날라 갈텐데.
목소리가 잡아보고 꽃도 따고
개구리 엄마 같이 하려 매실도 따고
준서일까 노래소리는 예쁜 꾀꼬리 새도 노래하고
조금 덥기는 누구 닮았나. 아빠일까
정말 평화롭고 해도 이맘때의 시골 풍경은
민서도 행복한 마음이 생겨
빨리 와서 느껴 보렴
주말에 농장 가면
있으면 늘상 민서가
얼마나 좋을까 하는 생각이 들어.
이만 쓸게
항상 보고 싶어하는 할부지가
단기 4345
서기 2012년 5월 24일
불기 2556

사랑하는 수린아!
생일 축하한다. 할머니가 좋다고 챙겨주면
가리지 않고 잘먹고 건강하게 자라 주어서 고맙다.
넌 뭐든 스스로 잘알아서 해주어 더 예쁘구나.
부탁이 있다면 시우를 조금더 챙겨주고 사랑해 주어라
학교공부에 100점 받는것에 너무 집착하지 마라.
점수는 공부한만큼 얻어 지는 것이야.
중요한건 많은지식을 아는것 보다 지혜로운
사람이 되는거란다.
지혜로운 사람 = 많이 알고 + 많이 생각하고
= 올바르고 좋은 결과를 만들어 내는 사람
컴퓨터는 많이 알아도 생각을 못하니 지혜가
없지.
지혜란 쉽게 설명하면 똑같은 음식 재료를
가지고 제일 맛있게 요리하는 능력이라고
할수있지.
우선 많이 알려면 책 많이 읽어야 겠지.
올겨울도 씩씩하게 잘 보내고 새봄이 오면
농장에서 꽃 새순 축제 하자구나.
2015. 12. 5
수린이를 사랑하는 할배가 -

나는 너희들의
영원한
할배꽃이 되고 싶다

할배 생각나고 보고 싶으면
언제든 와서 "할배꽃~!"하고
불러주며 나를 생각해주렴.